D1722263

Einaudi. Stile Libero Big

Dello stesso autore nel catalogo Einaudi

Mi fido di te (con F. Abate)

Massimo Carlotto
Respiro corto

Einaudi

www.einaudi.it

ISBN 978-88-06-19211-2

Respiro corto

Uno

51.41°N 30.06°E

I lupi passarono sotto la grande ruota panoramica dirigendosi sottovento verso la giostra dell'autoscontro. Correvano veloci e sicuri nell'erba alta che iniziava a ingiallirsi per l'arrivo dell'autunno. Presto il giallo avrebbe virato al rosso insano dei tronchi degli alberi e a quello scuro, come sangue raggrumato, della ruggine che copriva la ferraglia del luna park. Solo la neve avrebbe avuto pietà di quel parco abbandonato, ricoprendolo di una coltre candida per alcuni lunghi mesi. I lupi si acquattarono fra le vecchie automobiline elettriche osservando i cervi che si abbeveravano a una grande vasca. Un tempo, doveva essere stata una fontana ricca di spruzzi e giochi d'acqua. I maschi ogni tanto alzavano il capo adornato da lunghe corna per annusare l'aria e fiutare i predatori, ma si riempivano le narici di un venticello di ponente, greve di odori della città fantasma di Pripjat´.

All'improvviso tutti gli animali si irrigidirono, drizzando le orecchie. Un rombo sordo si stava avvicinando a velocità sostenuta. Tre fuoristrada carichi di uomini armati irruppero nel piazzale. Grida, risate e spari. Due cervi caddero sotto i colpi, gli altri fuggirono via veloci inseguiti dalle pallottole. I mezzi si fermarono e gli uomini saltarono giú dai cassoni. La maggior parte indossava tute mimetiche militari ed era armata di fucili mitragliatori e pistole che spuntavano dai cinturoni. Dalle giacche ciondolavano rilevatori di radiazioni. Non sembravano affatto cacciatori. Nemmeno quelli che erano scesi dal pick-up piú nuovo e costoso, sfoggiando autentici ed eleganti indumenti inglesi e tenendo fra le braccia costosi fucili intarsiati muniti di cannocchiali.

Uno con la tuta appoggiò a terra il kalashnikov, staccò il rilevatore e lo avvicinò ai cervi abbattuti. Scosse la testa quando lesse il numero apparso sul display.

Per ultimo scese un giovane particolarmente ben vestito. Non doveva avere ancora trent'anni. Ai piedi portava scarpe italiane fatte a mano e il cappotto di cachemire si intonava alla sciarpa. Si guardò attorno e notò subito i lupi, che non si erano mossi di un millimetro e osservavano con curiosità gli uomini che stavano scuoiando i cervi. Zosim Kataev pensò che i lupi di Černobyl′ non avevano piú paura dell'uomo. Si guardò bene dall'avvertire gli altri della loro presenza. Non vedeva l'ora che la battuta terminasse per dedicarsi al vero motivo che lo aveva portato a Pripjat′.

Fu uno degli autisti, spedito a prendere bottiglie di vodka, a scorgere i lupi. I cacciatori imbracciarono i kalashnikov ansiosi di aprire il fuoco, ma Vitaly Zaytsev, che tutti chiamavano *pakhan*, alzò la mano.

– I lupi meritano rispetto. Sono coraggiosi, – disse in tono solenne estraendo un revolver dalla giacca. – E assomigliano maledettamente ai cani degli sbirri.

Tutti, eccetto Kataev, sghignazzarono di gusto, impugnando le pistole. Avanzarono verso i lupi, che continuarono a rimanere immobili fino a quando il *pakhan* non prese la mira e tirò il grilletto, fallendo il bersaglio di almeno un metro. Solo allora gli animali iniziarono ad allontanarsi, trotterellando con calma lungo la strada che portava all'uscita del parco.

L'inseguimento non durò a lungo. I lupi si inoltrarono fra le vie di un vicino quartiere e si infilarono ordinatamente nell'androne di una scuola. «La loro tana», pensò Zosim Kataev. Da quando gli abitanti erano stati evacuati dopo l'incidente alla centrale nucleare, la natura aveva iniziato a riprendersi la città. Centimetro dopo centimetro. Erano molti gli animali che avevano scelto di vivere nei palazzi abbandonati. Quando era venuto la prima volta, la sua guida, uno dei pochi che aveva deciso di tornare a Pripjat´, gli aveva raccontato divertito che aveva dovuto sloggiare dal salotto una famigliola di orsi.

I cacciatori, eccitati, stapparono le bottiglie di vodka che girarono di mano in mano. Lunghe sorsate e dorsi delle mani passati lentamente sulle labbra. Kataev osservava pensoso, cercando di nascondere il disgusto. Non se lo poteva permettere. Si fece versare del tè bollente da uno degli autisti, preparandosi ad assistere a un'inutile strage. Il *pakhan* e i suoi luogotenenti entrarono per primi, seguiti dagli uomini con le mimetiche.

Attraverso le grandi finestre dei corridoi, dove un tempo si aggiravano ordinati alunni e insegnanti, Kataev li vide irrompere nelle aule sfondando le porte a calci, con la stessa tattica usata nelle operazioni di polizia. Si coprivano a vicenda come se i lupi fossero armati a loro volta. Nel vano tentativo di aprirsi un varco, una femmina disperata colpí con le zampe il vetro di una finestra, ma fu abbattuta con una decina di proiettili.

Dal bagno dei professori, un maschio balzò sulla schiena di un cacciatore, ma quello a fianco lo fulminò piantandogli un paio di pallottole nel cranio.

Spari, grida e risate si susseguirono per un'altra decina di minuti. L'ultimo lupo sopravvissuto salí le scale con pochi salti e sbucò sul tetto. Guardò in basso cercando una via di fuga e incrociò gli occhi di Kataev. Per un lungo attimo rimasero a fissarsi, poi l'animale si girò e si sedette sulle zampe posteriori ad attendere la morte. I cacciatori si fermarono ansimanti a una decina di metri. Il primo colpo era privilegio del *pakhan*, che questa volta non fallí. L'impatto dei proiettili fece volare l'animale dal tetto. Gli autisti si lamentarono che la pelliccia era ormai piena di buchi. Caldi cappelli e guanti, adatti all'inverno che stava arrivando, gettati nel cesso.

Vitaly Zaytsev uscí dall'edificio e si avvicinò a Kataev. Col mento indicò la carcassa precipitata dal tetto. – Un tempo erano grandi e maestosi. Ora sono piccoli e brutti. E sfacciati.

– Per non estinguersi si sono adattati a vivere in questo inferno, – ribatté Kataev.

– Lo abbiamo fatto anche noi. Siamo sopravvissuti ai comunisti e ora ci arricchiamo con la democrazia. Il nostro inferno è finito, Zosim.

Kataev pensò che ne erano convinti anche quei lupi, ma si guardò bene dal contraddire il suo capo e cambiò discorso. – Dovrei incontrare quei funzionari di cui ti ho parlato, mi spiace abbandonare questa bella battuta di caccia, ma…

Vitaly sorrise e gli diede un buffetto. – Vai pure, e con me puoi fare anche a meno di fingere di divertirti. Lo so che tu pensi solo agli affari.

Il *pakhan* si allontanò di qualche passo, poi si girò. – Stai attento ai funzionari, un tempo appartenevano all'apparato del partito e sono infidi e disonesti.

Zosim annuí e Zaytsev raggiunse gli altri cacciatori che lo attendevano per farsi immortalare a fianco alla catasta di lupi insanguinati. Si abbracciarono fraternamente e qualcuno si scoprí la mano o l'avambraccio per mettere in risalto un tatuaggio a cui teneva parecchio.

Nessuno chiese a Zosim di unirsi al gruppo. Lui non ne faceva parte.

Una trentina di minuti piú tardi, Kataev, a bordo di un fuoristrada Uaz con lo stemma delle Nazioni unite, si addentrava nella foresta per raggiungere una zona di deforestazione. Boscaioli tagiki, troppo sporchi e laceri per i suoi gusti, abbattevano gli alberi con potenti motoseghe sotto lo sguardo attento di capisquadra russi. I tronchi, ripuliti grossolanamente, venivano caricati dalle gru sui pianali di grandi camion. Per anni, dopo l'esplosione della centrale nucleare, il legname contaminato era stato sepolto in profonde trincee con l'unico risultato di inquinare le falde acquifere. Un altro errore. L'ennesimo. Era stato sbagliato tutto. Prima e dopo. Per incuria, inefficienza, ignoranza e corruzione. Ora un progetto internazionale finanziava l'abbattimento degli alberi e il loro smaltimento da parte di aziende specializzate. Quella rappresentata da Zosim Kataev aveva vinto l'appalto senza incontrare alcuna difficoltà.

Un funzionario aprí una mappa della zona e la distese sul cofano del fuoristrada. Il giovane ben vestito era molto diverso ora. Per nulla annoiato, dava indicazioni precise con un tono che non ammetteva repliche. Si lamentò delle condizioni di salute dei lavoratori tagiki.

– Sono lenti perché sono denutriti e la produzione ne risente, – disse. – E se continuate a derubarli in modo cosí evidente qualcuno se ne accorgerà e avremo dei problemi. I miei saranno insignificanti rispetto ai vostri.

I funzionari e i capisquadra si scambiarono sguardi preoccupati.

– Sono tagiki, – si giustificò il responsabile del personale, – ne arrivano continuamente.

– Ma ogni nuovo lavoratore deve imparare a tagliare e ci impiega tra i sette e i dieci giorni, – ribatté Zosim. Indicò con un gesto lento e studiato la foresta che li circondava. – E noi abbiamo bisogno di boscaioli veloci ed efficienti perché tra un po' arriva l'inverno, e quando la neve sarà troppo alta per usare la sega, qui ci dovrà essere una bella pianura.

Zosim Kataev rimase in silenzio il tempo necessario perché il messaggio venisse recepito con assoluta chiarezza, poi
riprese a organizzare il lavoro. I funzionari erano stupiti della
sua competenza e dovettero ricredersi sul proposito di tur-
lupinare quel giovanotto dall'aria cosí perbene.

Due elicotteri apparvero all'orizzonte e uno iniziò a pre-
pararsi per l'atterraggio. Kataev infilò la mano nel cappotto, estrasse delle buste e cominciò a distribuirle. Non erano
tutte uguali. Quelle piú spesse finirono nelle tasche dei pezzi grossi. Tutti ringraziarono con brevi cenni del capo e lui
non si dilungò nei saluti. Mentre si dirigeva verso l'elicottero
incrociò lo sguardo di un giovane tagiko. Aveva gli stessi occhi del lupo che lo aveva fissato dal tetto. Zosim si fermò un
attimo. Il ragazzo schiuse appena le labbra mostrando denti
da vecchio e gengive infette. Zosim pensò che non avrebbe
superato l'inverno.

L'elicottero si alzò in un turbine di foglie e segatura. Una
manciata di secondi e il giovane tagiko diventò sempre piú
piccolo. Poi scomparve.

– Tutto bene? – domandò Vitaly Zaytsev.

– Sí, nessun problema, – rispose distratto Zosim. – Ma dovrò fermarmi a Kiev per mettere a punto qualche dettaglio.

– Sbrigati a tornare, – ordinò il boss indicando gli altri
due passeggeri con un vago gesto della mano. – Vogliono capire cosa stai combinando.

Kataev sorrise per la prima volta quel giorno. – Sarai fiero di me, *pakhan.*

Tre giorni piú tardi la Mercedes nera che aveva prelevato-
to Zosim Kataev a casa si fermò davanti all'entrata dell'ex
centro atletico dell'Armata rossa che Zaytsev aveva scelto
come base della sua organizzazione. Foma, l'autista, sorrise
alla telecamera e il pesante cancello iniziò ad aprirsi.

Zosim raccolse gli appunti che aveva riletto fino a quel momento e li ripose nella borsa. Foma lo guardò dallo specchietto. Aveva poco piú di venti anni. – Ti aspetto qui? – domandò mentre accendeva la radio e la voce di Glukoza, che cantava *Svad'ba*, invadeva l'abitacolo.

Zosim sorrise. – Tu sei malato. Non ascolti altro.

– Sono innamorato. È diverso.

– Per corteggiarla dovrai trasferirti a Mosca e convincere il marito a farsi da parte.

– Quello è il problema minore. È solo un magnate. La faccenda seria è convincere il *pakhan*, – sospirò. – Allora che faccio? Ti aspetto?

– Vatti a fare un goccio con i ragazzi. Ne avrò per un po'.

Zosim attraversò un atrio affrescato da sbiadita propaganda sovietica, quindi la palestra dove uomini a petto nudo coperti di tatuaggi luccicanti di sudore si accanivano a sollevare pesi. Imboccò una porticina e salí delle scale di servizio che lo condussero a un corridoio controllato da due guardie armate. Passò a fianco a una stanza dove tre uomini infilavano mazzette di rubli, dollari ed euro nelle macchine contasoldi, raggiunse un salone enorme dove un tempo ballavano gli ufficiali dell'Armata rossa e si diresse verso una grande porta blindata guardata a vista da due gorilla di mezza età, armati di mitragliette. Il *pakhan* li preferiva esperti, magari meno svelti ma con l'occhio allenato. I passi di Zosim echeggiavano nella sala ma loro non alzarono mai lo sguardo e neppure si sforzarono di salutarlo. Zosim non era mai stato in galera e non aveva un solo tatuaggio. Zosim, per loro come per gli altri, non aveva storia. Il ragazzo era comunque un pezzo grosso e quando fece capire che non avrebbe abbassato la maniglia, uno dei due dovette allungare la mano e accontentarlo.

Oltre al capo, seduto alla sua enorme scrivania, c'erano altri sei uomini ad attenderlo accomodati su poltrone e divani.

Avevano la stessa età di Vitaly, appartenevano alla stessa generazione di mafiosi che si era impadronita di San Pietroburgo dopo i regolamenti di conti del 2005. Alcuni avevano partecipato alla battuta di caccia a Pripjat´ vestiti come possidenti inglesi, gli altri non li aveva mai visti. Bevevano, fumavano e mangiavano tartine chiacchierando a voce alta di cose senza importanza. Si degnarono di guardarlo solo quando Vitaly si alzò per andare a salutarlo con un abbraccio.

– Ecco il nostro Zosim che ora ci spiegherà come faremo a diventare piú ricchi.

Ma per rispetto dell'etichetta, Kataev dovette accettare l'ospitalità del *pakhan* e unirsi alla conversazione. Si limitò a una tazza di tè e a fingere di ascoltare con interesse aneddoti e pettegolezzi di quei vecchi tagliagole. Zosim li osservava celando il suo disprezzo dietro educati sorrisi. Li considerava sanguinari trogloditi tatuati, superati dalla storia. Perfino Hollywood li aveva raccontati con straordinaria efficacia e loro, invece di correre ai ripari, si erano sentiti onorati e avevano organizzato proiezioni private con il fasto della grande occasione. Una volta a Londra aveva visitato una mostra di foto di tatuaggi di mafiosi russi e aveva guardato quelle immagini come se appartenessero a una cultura antica e malvagia. Erano patetici. Mostruosamente patetici. La violenza e la corruzione e una implacabile vocazione alla sopravvivenza avevano permesso il loro radicamento nella nuova Russia fino a raggiungere le leve del potere politico ed economico. Esattamente come molti loro colleghi sparsi per il mondo. Zosim li odiava con tutte le sue forze e fingere era diventato ogni giorno piú difficile.

Il *pakhan* era convinto che fosse un cagnolino fedele e che provasse per lui un'infinita gratitudine. Vitaly nutriva grandi speranze in Zosim, lo riteneva in qualche modo l'anello di congiunzione fra la tradizione e la modernità, dopo che aveva scoperto il suo talento per la finanza. Aveva capito da un pezzo che la sua Brigata era in ritardo rispetto alle altre e che gli affari di alto livello non potevano essere firmati da mani ricoperte di tatuaggi. Come non potevano continuare ad affidarsi a personaggi cooptati con la corruzione e il ricatto o frutto di pericolose alleanze. L'Organizatsya aveva bisogno di crescere al proprio interno rispettabili cittadini, preparati e capaci, pronti a essere utilizzati secondo le loro competenze. Zosim era il primo esperimento, guardato con sospetto dal resto dei capi.

Viyia Nikitin, il piú deciso oppositore di Zosim, sbuffò spazientito. – E allora meravigliaci con i tuoi conti, ragazzo.

Zosim guardò Vitaly, che diede il suo assenso con un cenno del capo.

– Sappiamo tutti che abbiamo problemi a riciclare il nostro denaro. Non conviene investirlo in Russia e finora abbiamo sempre pagato dai dieci ai venti centesimi per ogni dollaro ripulito, – iniziò a spiegare con tono sicuro, distribuendo delle fotocopie. – Obbedendo a un preciso ordine del *pakhan* ho studiato un piano per porre rimedio a questa situazione e investire in modo ottimale le nostre risorse.

– Nostre risorse, nostro denaro... – sbottò Igor, famoso in tutta Pietroburgo per aver svaligiato diversi treni carichi di materiale dell'Armata rossa. – Questo parla come se avesse fatto qualcosa per guadagnarlo.

Zosim Kataev interruppe la sua relazione in attesa della reazione di Vitaly, che non tardò. – Se Zosim protegge e aumenta il nostro capitale, i soldi sono anche suoi come di chiunque appartenga alla Brigata.

– Il fatto è che questo ragazzo non è uno di noi e che lo fosse suo zio, non cambia la situazione, – intervenne uno che chiamavano Potap. – Sono sinceramente imbarazzato di doverlo ascoltare come se avesse qualcosa da insegnarci.

Zosim capí che era giunto il momento di far sentire la propria opinione.

– Non ho il vostro valore, né il vostro coraggio, – ammise. – Sono solo un esperto di economia al servizio del *pakhan* che, come ben sapete, diversi anni fa ha deciso di inviarmi all'estero per studiare. Ho dedicato tutto il mio tempo per diventare utile alla Brigata e ora sono qui per dimostrare la mia riconoscenza e la mia devozione. Al *pakhan* e a tutti voi. Anche in memoria di mio zio Didim, morto con onore nel carcere di Ekaterinburg.

Era il tipico discorso pomposo e vuoto che piaceva tanto ai mafiosi, e infatti si dimostrarono soddisfatti e lo invitarono a proseguire. Che razza di idioti!

– Non dobbiamo proteggere i capitali solo dalla polizia, dai giudici, dai nemici, ma anche dalla crisi economica che sta investendo l'intero pianeta, – spiegò. – L'obiettivo del mio lavoro è individuare attività produttive sicure e redditizie. Per questo ho fondato una società di risanamento ambientale che ha vinto l'appalto per abbattere gli alberi contaminati di una vasta zona della foresta di Černobyl'. Le Nazioni unite ci pagano per lo smaltimento, e invece il legname scompare per riapparire in tre grandi segherie in Slovenia, di nostra proprietà, dove viene certificato come prodotto locale. Parte del legname viene impiegato in una fabbrica di bare che abbiamo acquisito la settimana scorsa...

– Il settore defunti non conosce crisi, – scherzò Vitaly, scatenando l'ilarità dei suoi compari.

Zosim sorrise cortese prima di riprendere. – E il resto in due aziende di case prefabbricate e pavimenti che abbiamo rilevato diversi mesi fa. Gli scarti di produzione diventano pellet, combustibile per stufe. Possiamo già contare su una discreta rete di clienti, soprattutto in Francia, Austria, Germania e Italia.

– Tutta questa fortuna da quel cazzo di posto! – esclamò Nikitin ammirato.

– La foresta di Černobyl´ è un'opportunità di impresa a lungo termine e su vasta scala, – commentò Kataev. – La materia prima non ci costa nulla, anzi, è già un profitto e ha caratteristiche di qualità che ci permettono di poter contare su un vasto mercato.

– A parte il piccolo particolare che è radioattiva, – intervenne ancora il *pakhan* con una risata sinistra.

Era soddisfatto per come Zosim si era conquistato l'attenzione dei sottocapi. Era un primo passo verso il rispetto. Ma per ottenerlo sarebbe stato necessario altro tempo. E una montagna di profitti.

Alzò il bicchiere.

– Un brindisi a Zosim e al suo cervello… e al sottoscritto per aver avuto l'idea geniale di mandarlo a studiare in Inghilterra. Come si chiama quel posto?

– Leeds.

– Dritto a casa? – chiese piú tardi Foma mentre metteva in moto la Mercedes.

– Sí, grazie, – rispose Zosim. – Sono stanco.

L'auto si avviò verso il centro città, percorrendo una zona dove una volta sorgevano industrie che ora attendevano di essere abbattute per fare posto a nuovi quartieri destinati al ceto medio.

Foma rallentò in vista di un incrocio e un Suv gli tagliò la strada obbligandolo a fermarsi mentre un furgone si piazzò di fianco. Dal portellone laterale spuntarono uomini armati e mascherati. Foma ingranò la marcia indietro deciso a fuggire, ma Zosim gli posò la mano sulla spalla.

– Non è una buona idea farsi ammazzare. Spegni il motore e apri le porte.

Il giovane obbedí. Gli assalitori spalancarono le portiere ed entrarono nella Mercedes. Uno di loro si accucciò a fianco dell'autista ficcandogli la mitraglietta silenziata nella pancia, altri due si nascosero dietro.

Zosim abbassò lo sguardo e incrociò quello che lo fissava dal passamontagna piú vicino. Occhi azzurri come il cielo e decisamente femminili.

– Torna al centro sportivo, – ordinò Kataev.

L'autista lo guardò attraverso lo specchietto. – Sei diventato un traditore, Zosim?

– Lo sono sempre stato, – rispose in tono piatto.

Dagli occhi di Foma scesero lacrime di dolore e rabbia, ma obbedí e ruotò il volante per fare inversione.

Kataev prese il telefonino. – Sto tornando, – avvertí. – Ho scordato alcuni documenti.

Questa volta Foma non sorrise alla telecamera, ma l'uomo di guardia non ci fece caso. Premette il pulsante di apertura e tornò a guardare il piccolo televisore che gli avevano concesso di tenere nella guardiola. In realtà aveva il permesso di accenderlo solo di notte, ma nessuno si sarebbe mai lamentato. Lui faceva entrare solo gente che conosceva. Gli altri dovevano attendere l'autorizzazione all'esterno. Quando vide il Suv e il furgone scivolare dentro era già troppo tardi. Uomini armati saltarono giú dai mezzi e si precipitarono nell'atrio. La guardia allungò la mano verso il kalashnikov appoggiato a una parete ma una granata fu piú veloce.

La Mercedes si fermò davanti all'entrata e spegnere il motore fu l'ultimo gesto del giovane autista. L'uomo mascherato che lo teneva sotto tiro gli piantò una pallottola sotto il mento e si uní agli altri. Zosim rimase nell'auto a fare compagnia al cadavere di Foma.

Non provava nulla. Eppure aveva atteso a lungo quel momento. All'interno si era scatenata una vera e propria battaglia ma non aveva il minimo dubbio sull'esito. Quelli che aveva aiutato a entrare avrebbero avuto la meglio. Le detonazioni divennero sporadiche e isolate. Colpi di grazia. Qualche minuto piú tardi vennero a prelevarlo. Zosim percorse sale e corridoi bonificati scavalcando cadaveri. Quelli dei contabili erano stati ammucchiati di lato e un paio di uomini stava infilando il denaro in sacchi di plastica.

Zosim entrò nella stanza del *pakhan*. Era l'unico sopravvissuto. Tanto meglio, sarebbe stato piú facile. Gli altri erano stati fatti inginocchiare e assassinati con una pallottola alla nuca. Vitaly lo guardò e capí chi aveva permesso la distruzione della sua Brigata. Fu un colpo cosí duro che il boss si accasciò portandosi una mano al petto. Nessuno degli uomini armati si precipitò a soccorrerlo.

Kataev lo afferrò per un braccio e lo trascinò verso una libreria che celava una cassaforte a muro. Gli premette la mano sullo scanner e lo sportello si aprí. Vitaly Zaytsev stava morendo, ma Zosim fu veloce ad afferrare un computer portatile biometrico e a sistemare il suo volto per il riconoscimento della retina.

Mentre Kataev digitava veloce sui tasti, Vitaly cercava di dirgli qualcosa. Probabilmente voleva insultarlo, gridare tutto il suo disprezzo, ma riusciva a emettere solo suoni inarticolati.

– Devi sbrigarti, – gridò uno del commando. – Tra poco appicchiamo il fuoco.

– Dovrete aspettare, – disse Zosim. – Il portatile deve essere rimesso nella cassaforte e non ho ancora terminato.

– Cinque minuti, – ringhiò l'altro. – Hai cinque minuti.

L'esperto economico che il *pakhan* credeva cosí fede le fece sparire qualsiasi traccia degli incastri societari che gestivano l'affare di Černobyl'. Poi rimise ogni cosa al suo posto. La cassaforte avrebbe resistito al fuoco ma non alla fiamma ossidrica con cui sarebbe stata aperta dai superstiti della Brigata, e lui voleva si convincessero che si era trattato di un attacco per eliminare Vitaly Zaytsev e buona parte dei suoi capi. Zosim avrebbe potuto anche spostare denaro dai conti nelle Cayman, ma sarebbe stato un dettaglio stonato e avrebbe potuto mandare a monte un piano congegnato cosí bene.

Kataev corse al piano di sotto mentre il commando iniziava a piazzare le cariche al fosforo. Cercò un cadavere in particolare e lo trovò alla base delle scale. Gli infilò il suo orologio con dedica del *pakhan* incisa sulla cassa, le scarpe e il cappotto con portafoglio e documenti. Chiese a un assalitore di sparare una raffica in faccia al morto per renderlo irriconoscibile. L'incendio che aveva già invaso il piano superiore avrebbe fatto il resto.

Una mano afferrò Zosim e lo trascinò all'esterno. Altre lo spinsero sul sedile posteriore del Suv dove lo attendevano la donna del commando e un autista che diede gas schizzando fuori dal cancello. Dopo un centinaio di metri i due si tolsero il passamontagna. Lei era bionda, bella, zigomi alti, fisico scolpito da lunghe ore di palestra. Si chiamava Ulita Vinogradova ed era un tenente dell'Fsb, il servizio segreto russo nato dalle ceneri del Kgb.

– Come si sta da morti, Zosim?

– Dovresti chiederlo a Vitaly.

– E pensare che aveva grandi progetti per te.

– Non erano di mio gradimento.

– Nessun rimorso? Devi pur sentire qualche tipo di obbligo nei confronti dei tuoi fratelli caduti.

– È stato un piacere disfarsi di quegli stronzi. La mia lealtà è solo nei confronti della patria.

Ulita appoggiò la mano sulla sua coscia e strinse con forza, strappandogli una smorfia di dolore.

– Della patria e della sottoscritta, – sussurrò. – Sei una mia creatura, Zosim. Non scordarlo mai.

Kataev si sforzò di sorridere. – Sono certo che non me lo permetterai.

– Il generale Vorilov dice che chi tradisce una volta tradisce per sempre. È una droga. E ora ne hai avuto un assaggio. Se mai ti sentirai tentato di fare il furbo, sappi che mi occuperò personalmente di te.

– Non ho il minimo dubbio. Ed è per questo che devi stare tranquilla. Vedrai che a Zurigo non vi saranno problemi.

– La destinazione è cambiata. Andrai a Marsiglia.

E che cazzo ci vado a fare a Marsiglia? – sbottò. – Il mio compito è far arrivare denaro nelle casse dei servizi federali, e in Francia non ho nessun contatto.

– Sono cambiate le priorità, Zosim. E gli ordini non si discutono.

I due rimasero in silenzio per il resto del viaggio. Kataev era profondamente turbato. I suoi piani erano altri e coincidevano solo in apparenza con quelli di Ulita e del generale Vorilov.

«Marsiglia, – pensò. – Non ci sono mai stato». Gli venne in mente un vecchio film americano sul traffico di droga che aveva visto in un cineclub di Leeds. Frugò nella memoria a caccia di immagini. Gangster e zuppa di pesce.

14.22°S 50.92°E

Il primo container affondò nell'oceano come un sasso gettato nelle acque tranquille di uno stagno. Il parallelepipedo di metallo precipitò senza mai deviare dalla sua traiettoria verticale, impattando il fondo roccioso con notevole violenza. I battenti non ressero l'urto e il portellone si spalancò come una gigantesca bocca vomitando decine di vecchi fusti arrugginiti. Il secondo container ne schiacciò alcuni ma rimase intatto.

La costa somala non era lontana e il capitano Van Leeuwen aveva fretta di disfarsi di quel carico. Alcuni marinai messi di guardia scrutavano il mare con potenti binocoli mentre l'equipaggio malese agganciava i container alla gru di poppa.

Il comandante in seconda lo raggiunse a passi veloci e gli porse un telefono satellitare. – Mister Banerjee in linea.

– Buongiorno, – borbottò sbrigativo Van Leeuwen. – Sí, abbiamo quasi finito... sí, conto di arrivare tra qualche giorno. Dipende dalle condizioni meteo. I motori hanno qualche problema...

21.41°N 72.20°E

Mister Banerjee chiamava dall'interno di un elegante Suv che correva veloce lungo Trapaj Road ad Alang. – Mi avverta con le solite ventiquattro ore di anticipo, cosí faccio organizzare le squadre, – ricordò al capitano prima di interrompere la comunicazione. Di nome faceva Sunil, aveva ventinove anni, rampollo di una nota famiglia parsi proprietaria di una catena di ristoranti indiani presente in diversi paesi europei. Alto, magro, dai lineamenti delicati, portava occhiali dalla montatura leggerissima e vestiva in modo impeccabile. Sembrava fosse diretto in un elegante studio nella City di Londra piuttosto che in un lurido cantiere in cui venivano smembrate navi di ogni tipo.

La vecchia cicatrice che solcava il volto dell'uomo al volante, dal labbro all'orecchio sinistro, marcava la differenza con il damerino che stava scarrozzando. Era conosciuto con il nome di Surendra, aveva passato i trentacinque anni e la sua specializzazione era la tratta di manodopera. Banerjee lo aveva assunto e messo a capo del servizio di sicurezza del cantiere di sua proprietà, uno dei tanti disseminati lungo la costa che, negli anni, era diventata un vero e proprio cimitero di navi di ogni stazza. La scelta non era stata casuale. Surendra ci sapeva fare. Aveva un'abilità non comune nel farsi rispettare dosando favori, minacce e violenza. Nel giro di poco tempo era diventato l'uomo di fiducia di Sunil e ora si occupava di tutti i suoi interessi ad Alang. I due si piacevano e si rispettavano. Non sarebbero mai diventati amici, ma il parsi era un imprenditore che sapeva ricompensare il lavoro e la fedeltà e non faceva mai pesare l'enorme potere della sua famiglia.

Il Suv entrò in un cantiere dove uomini, donne e bambini stavano spolpando un mercantile arenato nella sabbia nera, intrisa di petrolio e di ogni altro liquido colato dalle stive e dai motori di decine di imbarcazioni. Presto sarebbe rimasto solo lo scheletro, destinato a essere tagliato a pezzetti da decine di fiamme ossidriche.

Squadre di adulti trascinavano i pezzi smontati verso i camion. Quelle dei bambini si occupavano di tenere vivo il fuoco in buche profonde dove gettavano gli scarti di plastica e legno.

Sunil alzò lo sguardo dal tablet che teneva sulle ginocchia. Osservò la scena con attenzione. – Devi tenerli sotto pressione, Surendra. Sono troppo lenti, rischiamo di non reggere la concorrenza locale. La sfida con i cinesi l'abbiamo già persa, non possiamo permetterci di non essere piú affidabili per i nostri clienti.

L'uomo al volante indicò gli operai. – Ti sbagli. Manteniamo gli stessi ritmi dei migliori cantieri. Il problema è che anche i piú robusti si ammalano molto presto. Respirano troppe schifezze, lo sai.

– Allora sostituiscili piú in fretta, – sbottò Sunil. – Il piano per importare manodopera tamil come procede?

– I primi arriveranno nelle prossime settimane ma si tratta sempre di famiglie. Non li puoi cacciare appena uno sta male, rischi che nessuno voglia piú lavorare per te.

– Vedi di trovare una soluzione.

– Non ti capisco, – protestò l'altro. – Qui le cose vanno abbastanza bene, e in ogni caso riesci a compensare con lo smaltimento dei rifiuti e gli altri affari.

– Non ricordo di averti notato alla facoltà di Economia, – ironizzò il damerino. Poi cambiò tono. – Io penso e tu esegui. Una chiara distinzione dei ruoli è alla base del successo di ogni impresa. Non trovi?

Lo squillo del cellulare evitò a Surendra di rispondere. Ascoltò in silenzio una brevissima comunicazione. – Ci sono problemi alla clinica, – annunciò, ingranando la marcia indietro.

Clinica non era il termine esatto per descrivere la piccola e moderna struttura che, a parole, doveva garantire un minimo di assistenza sanitaria ai disperati che lavoravano al cantiere. Soprattutto per rimediare ai continui incidenti causati dall'uso delle fiamme ossidriche da parte di operai inesperti. Ma la vera attività era un'altra, e la reporter svedese Gulli Danielsson lo aveva scoperto e stava raccogliendo informazioni attraverso interviste e fotografie. Quando il Suv con Surendra e mister Banerjee entrò nel parcheggio, l'obiettivo della sua Nikon stava immortalando tre giovani in posa che mostravano cicatrici recenti all'altezza dei reni. Scomparvero quando si accorsero della presenza di Surendra. La giornalista ebbe un gesto di stizza ma non si arrese, mettendosi a cercare altri testimoni nel cortile. Faceva quel mestiere da troppi anni per non capire di avere tra le mani il tipico servizio che si vende in tutto il mondo e poteva rilanciare una carriera che aveva subito una battuta d'arresto dopo la nascita del secondo figlio.

Sunil chiamò il capo della polizia locale. – Come ha fatto ad arrivare una reporter nella mia clinica? Vi paghiamo profumatamente perché teniate lontani i ficcanaso.

Il funzionario non ne sapeva nulla. La tizia era entrata in città senza chiedere l'autorizzazione, che era stata resa obbligatoria proprio per evitare che l'opinione pubblica fosse troppo informata su quanto accadeva ad Alang.

Banerjee riattaccò furibondo, fece cenno a Surendra di avvicinarsi e bisbigliò qualche parola. L'uomo di fiducia si allontanò con un'espressione risoluta.

Gulli Danielsson era troppo eccitata per adottare le necessarie cautele e non si accorse di Moti, uno dei picchiatori di Surendra che si stava avvicinando armato di un sottile bastone di legno duro. La colpì solo in faccia. Una, due, cinque volte. Poi le strappò la macchina fotografica dal collo e fuggí con il resto dell'attrezzatura. La reporter era una maschera di sangue. Sunil le offrí il suo fazzoletto e l'aiutò ad alzarsi.

– Venga, ha bisogno di un dottore.

– La mia macchina, mi ha rubato la macchina, – mormorò la donna.

– Un vero peccato. Uno si dà tanto da fare per svolgere al meglio il proprio lavoro, e arriva un teppista che te lo porta via. Comunque è stata fortunata, poteva andarle peggio.

Due infermieri l'aiutarono a distendersi su un lettino e un medico le praticò un'iniezione spedendola nel mondo dei sogni.

– Non so se è stata una buona idea. Si lamenterà con la sua ambasciata quando si sveglierà, – commentò il chirurgo Kuzey Balta, l'esperto turco di espianti.

– Hai ragione. È davvero inopportuno creare problemi diplomatici. Per questo le asporterai tutti e due i reni e ogni altro organo che abbia un mercato a Mumbai.

– E nessuno verrà a chiedere notizie?

– La signora è entrata illegalmente ad Alang. Per le autorità non esiste.

Il medico alzò le spalle e disse a un infermiere di preparare la paziente.

– Chiudiamo l'attività, – annunciò mister Banerjee. – Se una qualsiasi reporter è riuscita a scoprirla significa che è arrivato il momento di inventarci qualcos'altro. Ti contatterò appena possibile.

– Se devo tenermi a disposizione dovrai pagarmi.

– Sono certo che troveremo un accordo.

25.42°S 54.63°W

«Dio è il piú grande», cantò il muezzin nell'*adhān*, il richiamo alla preghiera. La sua invocazione, diffusa all'esterno della moschea da potenti altoparlanti, avvolse le auto che avanzavano lentamente nel traffico di metà mattina.

Deng alzò il finestrino con un gesto di stizza. Tanto per cambiare stava litigando con Tingzhe. La solita storia dei turni delle loro mogli in lavanderia. Quella di Deng tendeva a fare la furba. I due si conoscevano da quando erano bambini, appartenevano all'ultima generazione arrivata a Ciudad del Este direttamente dalla Cina, i loro figli erano nati in Paraguay e ascoltavano *Jodete* dei La Secreta.

Si lasciarono alle spalle il minareto, che svettava sugli enormi cartelloni pubblicitari dei centri commerciali, e raggiunsero il parcheggio di un ristorante passando sotto l'insegna con la scritta «Comida China», decorata in rosso e oro. Alcuni bambini cenciosi si avvicinarono al furgone, chiedendo qualche spicciolo. I due uomini li cacciarono via gridando in spagnolo con un forte accento cantonese.

Tingzhe scese per primo e scaricò il cesto pieno di biancheria. A quell'ora il ristorante era vuoto, e si avviò verso l'ingresso sapendo di far infuriare l'amico, che aveva un esagerato senso del decoro e della gerarchia.

Deng entrò sbraitando ma si zittí quando si accorse che il locale non era affatto deserto. Quattro giovani cinesi, vestiti in modo sgargiante e con lunghi ciuffi di capelli che penzolavano strafottenti dalla fronte, li fissavano in silenzio, fumando e bevendo birra. I commessi della lavanderia arretrarono piano ma, alle loro spalle, spuntarono due ragazzi armati di pistola. Il piú anziano del gruppo, che doveva avere al massimo ventidue anni, fece segno a Tingzhe di avvicinarsi. Era lui il capo della banda. L'uomo obbedí. Il giovane gli versò della birra e gli ficcò una sigaretta tra le labbra.

– Ti prego di accettare la nostra ospitalità, – disse, dandogli amichevoli pacche sulle spalle.

Deng era terrorizzato e sbirciava continuamente i due teppisti che lo tenevano sotto tiro. Sorridendo misero via le pistole, afferrarono due sedie e iniziarono a colpirlo. L'uomo cadde a terra e loro si accanirono.

Deng gridava e Tingzhe cercava di distogliere lo sguardo, ma mani che odoravano di tabacco e lubrificante per armi gli afferrarono la testa, costringendolo ad assistere alla morte dell'amico.

Gli assassini sollevarono il corpo e lo infilarono nella cesta, lordando di sangue le tovaglie.

– Il tuo amico ha avuto un incidente perché avete fatto una consegna nel ristorante sbagliato, – spiegò il capo con voce piatta. – Ora ti chiedo la cortesia di riportare il cesto della biancheria a Freddie Lau. È un vecchio saggio e capirà l'importanza di evitare certe situazioni in futuro.

La banda scivolò fuori dal locale in silenzio. Come un grosso serpente, pensò Tingzhe. Tentò di alzarsi ma le gambe gli cedettero. Dalla cucina uscí una vecchia. Strascicando i piedi e senza mai smettere di biascicare sottovoce, si avvicinò al cesto a cui diede un'occhiata distratta.

– La biancheria è sporca. Riportala indietro.

Una ventina di minuti dopo, Tingzhe scaricò la cesta con il cadavere di Deng e la spinse dentro un enorme magazzino zeppo di merci di ogni tipo. Giocattoli, vestiti, utensili per la cucina, cianfrusaglie spuntavano da scatoloni aperti o accatastati alla rinfusa nei ripiani delle alte scaffalature che dividevano il magazzino in tanti corridoi, dove si muovevano veloci i carrelli per trasportare le casse. Decine di persone lavoravano come operose formiche e nessuna fece caso al corpo insanguinato che spuntava dalla cesta.

Tingzhe aveva il volto pallido e imperlato di sudore, lo sguardo fisso davanti a sé. Raggiunse il fondo del magazzino, dove si trovava la struttura prefabbricata che ospitava l'amministrazione. Tre guardie armate di fucili d'assalto gli sbarrarono la strada.

– Devo consegnarla al signor Lau, – farfugliò in evidente stato confusionale.

Nessuno fece commenti. Uno dei gorilla andò a chiedere istruzioni, e dopo un paio di minuti le piccole ruote della cesta scorrevano silenziose sulla moquette rossa di un lungo corridoio.

Alla vista dell'insolito carico gli impiegati si affrettarono a chiudere la porta delle loro stanze, eccetto quelli addetti alle macchine contasoldi, troppo occupati per accorgersi di un cadavere di passaggio.

Nianzu, autista e guardia del corpo del capo, aprí la porta e Tingzhe entrò in una stanza riccamente arredata in stile cinese classico. I tappeti e le statue avrebbero fatto un'ottima figura in un museo di una grande città. Dietro la scrivania

sedeva un anziano cinese, magro e dal volto scavato. Dimostrava una settantina d'anni ma poteva averne una decina di
piú. Freddie era uno che si manteneva in salute con una die-
ta maniacale e la pratica quotidiana del tai chi.

– Te l'hanno detto i fujanesi di portare il cadavere nel
mio ufficio?

Tingzhe annuí.

– Lo sai che è un insulto alla mia persona. Perché lo hai
fatto?

– Non lo so.

– Cos'è accaduto, esattamente?

L'uomo raccontò senza omettere il minimo dettaglio.
Freddie Lau sbuffò.

– Tuo padre ha lavorato per me. Un brav'uomo che credeva nelle tradizioni e mi portava il giusto rispetto. Ringra-
zialo nelle preghiere se sei ancora vivo.

Nianzu prese Tingzhe per un braccio e lo accompagnò fino alla porta. Poi si girò e incontrò lo sguardo preoccupato
di Freddie.

Alzò l'indice ossuto. – Chiama Garrincha, – ordinò. – Av-
vertilo che stiamo arrivando.

A mezzogiorno esatto la limousine del cinese si fermò
davanti a un edificio in costruzione. Tre guardie del corpo
e Nianzu lo scortarono fino all'ascensore tra gruppi di fale-
gnami, idraulici ed elettricisti.

Esteban Garrincha li attendeva con un sorriso mesto
stampato sulle labbra. – Mi spiace per quello che è successo.

Lau lo ignorò. Fu Nianzu a rispondere al posto suo con
un ringraziamento veloce e insignificante come uno sputo.

Salirono fino al tetto dove era stato allestito un grande
gazebo, che ospitava un salottino elegante e ben organizzato. Un uomo dal ventre prominente, spaparanzato su una

poltrona, chiacchierava con una ragazzina mora vestita come una prostituta d'alto bordo, mentre a quell'ora sarebbe dovuta essere a scuola.

Il grassone si alzò con agilità e cacciò con un gesto la sua amante. Si chiamava Carlos Maidana ed era a capo della piú grossa organizzazione criminale di Ciudad del Este. Lui e Freddie erano in affari da un sacco di tempo.

– Caro amico, benvenuto, – disse allargando le braccia. – Sei venuto a vedere come procedono i lavori del nostro centro commerciale?

– Non ho certo bisogno di verificare se il mio amico Carlos lavora nell'interesse comune, – rispose il cinese. – Sono venuto a chiederti cosa hai intenzione di fare con i fujanesi. Ho già perduto tre uomini e il controllo di ristoranti e negozi. Tu qui sei il capo ed è arrivato il momento che prenda posizione.

Maidana tirò fuori dalla tasca un fazzoletto immacolato e asciugò un'inesistente goccia di sudore sulla fronte. – Il fatto è che dovevi agire prima, Freddie. Dovevi farli fuori quando sono arrivati ed erano pochi e disorganizzati, invece hai aspettato troppo e ora ti stanno trascinando in una guerra che, evidentemente, sono convinti di vincere. Spero tu capisca che non ho intenzione di perdere uomini e quattrini solo per farti un favore.

– Qui ci sono anche i miei soldi. E abbiamo altri affari in comune, ma soprattutto ci conosciamo da trent'anni. I fujanesi sono barbari, non sono leali come Freddie Lau, e se dovessero sconfiggermi poi toccherebbe a te. Quello che ti chiedo è di intervenire per trovare un accordo nella divisione del territorio. Ho bisogno di tempo per organizzare la mia gente.

– Questo posso farlo, Freddie. Manderò Esteban Garrincha a parlare con i fujanesi e vedremo di preparare il terreno per un incontro, l'idea di una guerra in città non mi piace per niente.

– Stai tranquillo. Noi cinesi siamo discreti anche quando ci ammazziamo.

Carlos Maidana annuí e strinse la mano a Freddie. – Gioca bene le tue carte, amico mio. Ciudad del Este sta diventando sempre piú bella e grassa e noi possiamo continuare a esserne i padroni.

Garrincha si voltò a guardare il panorama per non scoppiare a ridere in faccia a quei due vecchi rincoglioniti. I loro regni erano ancora in piedi perché erano stati i primi ad arrivare e avevano polizia, magistrati e politici sul libro paga, ma Ciudad del Este stava cambiando a una velocità vorticosa, e quelli come loro sarebbero stati spazzati via dai fujanesi e da tutti gli altri che arrivavano ogni giorno da tutto il mondo con idee nuove. A due passi, dall'altra parte del confine, il Brasile con Foz do Iguaçu e l'Argentina con Puerto Iguazú. La Triple Frontera. Tre città federate in un unico patto criminale: il contrabbando. Ma la Ciudad del Este che stava osservando dall'alto di quel futuro centro commerciale era il cuore pulsante dei traffici. Dollari, euro, won e guaraní passavano di mano in mano tra gente che parlava spagnolo, portoghese, arabo, russo e inglese. Armi e droga. Terrorismo e finanza. Componenti elettronici e vestiti di marca. Non c'era modo di distinguere la merce originale da quella contraffatta. Tutto si muoveva troppo velocemente. Carlos e Freddie erano maledettamente lenti e questo li avrebbe sconfitti. Esteban Garrincha spostò lo sguardo verso il Puente de la Amistad intasato di compratori stranieri che attraversavano il confine carichi di sporte. Poteva sentire l'odore del denaro fin da lassú. Sospirò. Non aveva abbandonato a trent'anni la comoda e sicura carriera di sottufficiale di fanteria per arruolarsi in un esercito di perdenti.

– Esteban.

– Sí, capo?

– Accompagna Freddie alla macchina.

Con la coda dell'occhio Garrincha notò che Maidana aveva fatto segno alla ragazzina di raggiungerlo. Si chiamava Lucita, e quando la moglie ufficiale avrebbe trovato la situazione insopportabile Carlos l'avrebbe spedita in un bordello di Asunción. Una montagna di cazzi da soddisfare e fine dei sogni. Poi la droga o l'alcol.

Nel tardo pomeriggio il boss si fece raggiungere da Garrincha in un maneggio a pochi chilometri dalla città. Carlos era in compagnia di due guardie del corpo, due poliziotti in servizio, e di Neto, l'autista. Garrincha si accomodò a un tavolo imbandito per uno spuntino e prese una bottiglia di aranciata dal secchiello del ghiaccio. L'intero recinto era riservato a Marcela, Paulita e Iluminada, le tre figlie petulanti e viziate del capo. Nove, undici e quattordici anni. Una peggio dell'altra. Garrincha non poteva soffrirle. E sospettava che anche il padre condividesse quel sentimento. Tanto per cambiare stavano facendo impazzire l'istruttore che avrebbe voluto prenderle a calci in culo, o quantomeno gridare come un ossesso per farsi rispettare, ma non faceva altro che lanciare occhiate terrorizzate in direzione di Maidana. Faceva pena tanto era ridicolo.

– Quando vai dai fujanesi, non darti troppo da fare, – disse Carlos. – Fingi di fare il possibile, giusto per accontentare il mio amico Freddie Lau.

– Vuoi che si ammazzino tra di loro?

– È inevitabile. Se Freddie è impegnato a fare la guerra, il centro commerciale sarà l'ultimo dei suoi problemi. Sta costando più di quello che avevo previsto, e meno siamo a dividere, prima rientro dei soldi.

– Come mi devo comportare?

– Chiedi una tregua e un incontro ma senza offrire nulla di significativo sul piano delle garanzie. I fujanesi non accetteranno e noi faremo ugualmente bella figura con Freddie.

– Ti posso fare una domanda?

Maidana ghignò. – La conosco già. Perché non elimino direttamente Freddie e mi tengo i soldi?

Esteban annuí.

– Perché Freddie rappresenta le Triadi e non ho voglia di misurarmi con un nemico cosí potente, – spiegò Carlos prima di rivolgersi a Neto: – Portami qui quel cazzone di fantino. Voglio fargli capire che non ho intenzione di buttare via i soldi.

L'istruttore arrivò di corsa. – Ai suoi ordini, signor Maidana.

– Ti pago per mettere in riga quelle tre ochette: io non posso farlo ché mia moglie si incazza, e tu ti fai mettere sotto? Sei proprio senza coglioni. Ora vai lí e gli fai vedere chi comanda, d'accordo?

Gli occhi del tizio si riempirono di lacrime. – Dovrebbe parlarci lei, signor Maidana. Le sue figlie sono un po' indisciplinate.

Neto portò la mano alla cintura e fece scattare la sicura della pistola. L'uomo fuggí inseguito dalle risate.

Carlos sospirò e strinse il braccio di Garrincha. – Tre figlie stronze. Ti immagini se dovessero prendere il mio posto? Vorrei proprio vederti agli ordini di quelle streghe.

Altre risate. L'unico a non trovare la battuta divertente fu Garrincha.

La mattina seguente Garrincha parcheggiò davanti a una lavanderia a gettoni. Donne paraguaiane chiacchieravano ad alta voce, fumando e bevendo bibite.

Garrincha si diresse verso il retrobottega. Bussò alla porta blindata e venne fatto entrare in un magazzino pieno di merci di contrabbando. L'uomo che gli aveva aperto portava una pistola in una fondina ascellare.

– Ma quale onore! Il tirapiedi di Maidana. Il tuo capo ti ha mandato a tirarci le orecchie?

– Una cosa del genere.

L'uomo gli fece segno di seguirlo. Condusse l'ex sottufficiale in un vicolo dietro il magazzino. Si infilarono in un palazzo fatiscente dove vivevano molti cinesi in stato di miseria, nuovi arrivati in attesa di collocazione. Sbucarono sul retro di un motel con il prato finto e una piscina a forma di squalo. Ragazze sudamericane e cinesi intrattenevano gangster fujanesi che avevano preso possesso di un'intera ala dell'edificio. Il tizio gli indicò una finestra al secondo piano, prima di girare sui tacchi.

Garrincha salí le scale controllato da ragazzi armati di kalashnikov e fece la conoscenza di Huang Zheng, il capo indiscusso dei nemici di Freddie Lau. Parlava uno spagnolo eccellente imparato all'università di Madrid. Si mostrò affabile e pronto a trovare una soluzione «ragionevole». Garrincha, sinceramente ammirato, si convinse di aver incontrato un uomo saggiamente proiettato nel futuro.

Poco dopo mezzanotte si fece largo tra le montagne di cartoni e polistirolo che gli addetti alle pulizie tiravano fuori dai vari negozi, che si affacciavano sugli infiniti corridoi di uno dei piú grandi centri commerciali di Ciudad del Este. Si fermò davanti a una porta controllata da una guardia privata che indossava una divisa simile a quella della polizia di Chicago. Senza dire una parola gli allungò discretamente alcune banconote e il tizio si fece da parte. Esteban Garrincha percorse un lungo corridoio di servizio totalmente deserto arrivando a un ascensore che lo portò all'ultimo piano, dove si trovavano bar e ristoranti già chiusi. Raggiunse il tetto, dove fumò una sigaretta ammirando la sua bella città. Poi riprese l'ascensore per scendere al garage sotterraneo, e lo perlustrò alla ricerca di un'uscita discreta. Non aveva fretta. Aveva iniziato a piovere.

Qualche giorno dopo Garrincha sedeva accanto a Freddie Lau nella sua limousine. A un certo punto passarono accanto a un campo da calcio in cui era in pieno svolgimento una partita.

– Un tempo anch'io giocavo, – disse a un tratto. – Per un momento ho creduto di essere l'erede di Mané Garrincha, la piú grande ala destra del mondo. E non solo per il cognome.

Freddie e due delle guardie del corpo si scambiarono occhiate annoiate, ma il paraguaiano decise di ignorarle e continuò a raccontare: – Lo imitavo alla perfezione, al punto che ne feci una specie di sketch e mi invitavano a esibirmi nei locali. Una volta partecipai anche a uno spettacolo televisivo. Ma un giorno capii che stavo diventando un uomo ridicolo e smisi di essere la brutta copia di Mané Garrincha.

– Dovrebbe avere un qualche significato questa storia? – chiese Freddie, continuando a guardare di fronte a sé.

– Señor Lau, lei mi conosce, sa che sono un uomo fidato e mi comporto sempre con onore. Terminata questa faccenda con i fujanesi non potrebbe dire due parole al mio capo? Non mi tratta da vice, a volte sembra si dimentichi che un giorno prenderò il suo posto. Non potrà mettere una delle sue figlie a capo dell'organizzazione…

Il vecchio sorrise. – Certo che tre figlie sono una vera sfortuna. Non ci potrà essere una vera successione, mi stupisce che tu non l'abbia ancora capito.

– Capito cosa?

– Che alla morte di Carlos prenderà il comando chi eliminerà i concorrenti interni.

Garrincha afferrò al volo il messaggio. – E sarà necessario avere amici esterni potenti e saggi.

Finalmente Freddie si degnò di guardarlo. – Amici che hanno potuto apprezzare nel tempo il tuo valore e la tua fedeltà.

Esteban sorrise e chinò il capo con rispetto. – La ringrazio del suo prezioso consiglio.

La limousine entrò nel parcheggio del centro commerciale che Esteban aveva esplorato con tanta cura. Lau e le due guardie del corpo lo seguirono lungo i corridoi, mescolati alla folla di clienti carichi di borse. Garrincha fece un cenno alla guardia che aveva già corrotto, che si affrettò ad aprire la porta di servizio.

– Mi spiace farla camminare, señor Lau, ma la delicatezza dell'incontro ci costringe a una doverosa cautela.

– Parli come un avvocato, – lo derise una guardia del corpo.

– Non ti preoccupare per me, Esteban, – tagliò corto il vecchio.

Una volta nell'ascensore, Garrincha schiacciò il pulsante dell'ultimo piano. Attese qualche secondo, poi alzò la mano di scatto verso la plafoniera, afferrò una tozza pistola a tamburo nascosta la sera prima e sparò alle guardie del corpo. Le detonazioni lo assordarono. Intontito, fermò la corsa e invertí la direzione verso il garage sotterraneo. Freddie Lau, macchiato del sangue dei suoi uomini, non mosse un muscolo. Si limitò a fissare con odio il traditore. Quando si aprirono le porte, tre mafiosi fujanesi corsero verso di loro armati di mitragliette. Il vecchio uscí stoicamente dall'ascensore affrontando il suo destino con il coraggio che imponeva il suo ruolo.

– Dove sono i miei soldi? – chiese Garrincha mentre cercava disperatamente di recuperare l'udito.

I fujanesi iniziarono a sparare. Lau fu colpito per primo e senza volerlo protesse Esteban con il suo corpo. Il paraguaiano rispose al fuoco, esaurendo in un attimo i quattro colpi rimasti nel tamburo. Con un balzo riuscí a rientrare nell'ascensore inseguito dai proiettili che si abbatterono sulle porte di metallo come grandine. Salí al pianoterra, si liberò della giacca sporca di sangue e in camicia, camminando velocemente, guadagnò l'uscita. Nianzu, l'autista di Lau, lo notò e capí immediatamente cos'era accaduto. Prese il cellulare e avvertí la sua gente.

Garrincha si diresse verso il Puente de la Amistad. Uscire dal paese era l'unica vaga possibilità di salvezza. Era stato l'ultimo dei coglioni, un vero *pendejo*, e ora la sua vita non valeva piú nulla. Tutti gli avrebbero dato la caccia. Maidana, la Triade, i fujanesi. Huang Zheng, con la sua parlantina, l'aveva turlupinato come un ragazzino.

In tasca aveva solo pochi spiccioli e non i cinquecentomila dollari promessi dal capo fujanese. Era fottuto. La folla accalcata al confine lo costrinse a rallentare. Gli mancava il respiro. Gli sembrava di affogare nella sua stupidità. Per un attimo pensò di arrampicarsi sulla rete di protezione e gettarsi nel Paraná. Poi gli venne in mente che a Foz do Iguaçu c'era chi poteva aiutarlo e si lasciò trasportare verso la dogana dal flusso dei corpi. Si ritrovò a fissare un grande cartello che a caratteri cubitali diceva: «Siete voi quelli forti, non le droghe».

Le guardie di frontiera osservarono attentamente Garrincha. Era l'unico a mani vuote e aveva il volto sporco di sangue, ma nessuno di loro fu sfiorato dall'idea di fermarlo. Quella massa di gente poteva diventare incontrollabile per un nonnulla, e gli ordini erano di limitarsi a impedire gli intasamenti. Garrincha passò nella parte brasiliana, lasciando dietro di sé, e per sempre, il Paraguay. Il paese piú bello che dio avesse creato. Raggiunse la stazione dei pullman e salí su un autobus scoperto pieno di turisti armati di macchine fotografiche, che ridevano e scherzavano. Una grin-

ga di mezza età gli offrí un fazzoletto di carta e gli indicò il
viso. Esteban lo inumidí con quel poco di saliva che gli era
rimasto e iniziò a strofinare la pelle. Il tragitto terminò davanti al *Samba Paradise*. I turisti vennero accolti da ragazze
e ragazzi vestiti da carioca che li condussero in una grande
sala, dove per un paio d'ore avrebbero ballato guidati da
veri maestri. Un'orchestra attaccò *Aquarela do Brasil* senza
la minima passione. Garrincha si staccò dal gruppo e andò
a bussare alla porta della direzione. Mostrò il viso alla telecamera per farsi riconoscere. Un ronzio annunciò lo scatto
della serratura e si trovò di fronte un piccoletto smilzo che
impugnava un fucile a pompa con la canna segata e gli fece
cenno di accomodarsi.

L'ufficio puzzava di coca e sudore. Una decina di giovani
armati di pistola erano stravaccati su costosi divani in pelle.
Lo fissarono con interesse e diffidenza. Esteban andò dritto alla scrivania che, come tutte quelle dei boss, era enorme
e costosissima.

Un tizio, con la pelle appena piú chiara e un paio di occhiali spessi e antiquati, stava dividendo per taglio una discreta
pila di banconote. Non alzò la testa. Non perché non fosse
curioso, ma perché in quanto contabile dell'organizzazione
non poteva sbagliare i conti. Nemmeno di un paio di dollari,
altrimenti avrebbero pensato che se li era intascati e non doveva essere la prima volta. E lui sarebbe stato licenziato dopo
essere stato «liquidato», e ne avrebbero assunto uno nuovo.

L'oro spiccava sulla pelle ebano del boss. Si chiamava
Orlando Mendes ed era entrato giovanissimo nel Primeiro
Comando da Capital, la mafia paulista, che lo aveva spedi-
to a Foz do Iguaçu a fare piazza pulita della concorrenza.
Non era ancora riuscito nell'impresa ma era a buon punto.
Garrincha lo conosceva abbastanza bene perché ogni tanto
Maidana lo riforniva di armi.

– Dall'altra parte del confine tutti ti stanno dando la caccia, – annunciò Mendes. – Per la prima volta in vita tua vali qualcosa. Anche da morto.

I ragazzi iniziarono ad accarezzare il calcio delle pistole. Il paraguaiano sentí il sudore colargli sugli occhi. Maidana e la Triade erano stati veloci a mettergli una taglia sulla testa.

– Ti ho fatto diversi favori in passato, – balbettò. – Ti chiedo solo un aiuto per sparire.

– No. Non mi hai mai fatto favori. Erano soltanto affari.

Mendes giocherellò con i suoi grossi anelli e braccialetti. Lo aiutava a riflettere. Poi schiuse le labbra in un sorriso crudele. Gli era venuta un'idea divertente. Ti aiuto solo se mi fai l'imitazione di Mané Garrincha. È l'unica cosa che sai fare e i ragazzi non hanno mai avuto l'occasione di ammirarti…

Esteban udí alle spalle mormorii di approvazione. Strizzò gli occhi. Il boss voleva umiliarlo prima di intascare la taglia. Ma rifiutarsi sarebbe stato stupido e doloroso. Quei ragazzi strafatti non vedevano l'ora di infierire sul primo poveraccio che capitava a tiro. E allora finse di avere un pallone tra i piedi.

– Ecco il grande Garrincha che dribbla un avversario, – strillò con tono da telecronista. – Punta verso il portiere ma un terzino cerca di intercettarlo, il pallone gli passa tra le gambe, un altro tunnel del grande Garrincha, tocca la palla di sinistro, prepara il tiro… Gooooooalazo!

Esteban rimase senza fiato. Lo aveva sprecato in quella esibizione penosa.

– Non era Mané quello, – berciò un ragazzotto. – Questo stronzo pensa di prenderci per il culo, ci ha mancato di rispetto.

– Chiudi quella bocca, Fernandinho, – tagliò corto Mendes. Aprí un cassetto, tirò fuori una manciata di ovuli di coca e li buttò sulla scrivania. – Questi ti possono portare lontano e salvarti il culo.

– D'accordo. Dove devo andare?

– Marsiglia. Lí Maidana e i cinesi non riusciranno a trovarti.

– Marsiglia?

– Sí, bello, Marsiglia. Francia...

– Ma è in Europa! Che cazzo ci vado a fare?

Orlando incrociò le braccia. – Ti metti a fare il difficile? Forse Fernandinho ha ragione e sei venuto qui a sfotterci.

Garrincha giunse le mani come aveva fatto il giorno della prima comunione. – Ti chiedo scusa. Farò quello che dici.

Il brasiliano si divertí a farlo cagare sotto. Poi, dopo un tempo che a Garrincha parve interminabile, si decise ad aprire bocca. – Stiamo aspettando il via dai nostri amici in Francia. Quando arriverà ti daremo un passaporto falso e un biglietto aereo.

– E nel frattempo?

– Pulirai i cessi. Non sai quanto cagano, 'sti cazzo di turisti, – rispose toccandosi la pancia. – È la samba. Ai gringos fa l'effetto di un lassativo.

51. 30°N 00.10°W

La madre di Sunil Banerjee in famiglia parlava solo gujarati. Sosteneva di farlo per evitare che i domestici inglesi origliassero. Quando il figlio andava a trovarla nella fastosa casa di Londra, lei pretendeva che indossasse abiti tradizionali come quelli degli antenati appesi alle pareti. Sunil l'accontentava volentieri, era legato alla madre da un affetto sincero.

– Tuo padre è molto adirato con te, – disse la donna.

– Lo sai che non ho la minima intenzione di dirigere una catena di ristoranti. Una palla al piede che col tempo mi trascinerebbe a fondo.

– Ora che tuo padre ha intenzione di espandersi anche nei Paesi Bassi ha bisogno di te. E poi sei l'unico figlio maschio, che fine farà l'impresa di famiglia?

– Sarà un piacere venderla ai cinesi.

– Sunil, sei davvero impossibile.

– No, sono solo preveggente dal punto di vista economico.

La madre sospirò. – Potrò avere almeno il piacere di vedere la mia famiglia riunita? Sono stanca di incontrarvi uno alla volta.

– Se il mio amato padre promette di non assillarmi…

– Non riuscirà a trattenersi, lo sai.

– Vorrà dire che io parlerò della sua giovane amante induista.

La donna ridacchiò. – Questo sarebbe davvero divertente. Un'induista. Per fortuna tua sorella si è lasciata convincere a fidanzarsi con un parsi.

– L'hai minacciata di non finanziare più il suo ozio e costringerla a cercarsi un lavoro!

– Smettila di scherzare. Piuttosto, quando ti sposerai? Tuo padre ha trovato una ragazza molto molto bella.

– È quasi una bambina, sta ancora frequentando il Zoroastrian College di Mumbai, e comunque il matrimonio non è un progetto immediato.

– Quando inizierai a comportarti come un parsi?

– Freddie Mercury era un parsi, mamma. Zubin Mehta è un parsi. Il nostro mondo non è più quello di un tempo, – disse indicando una stampa del 1878 che raffigurava tre uomini e un fanciullo.

Sentí uno dei cellulari vibrare nella tasca. Solo una persona possedeva quel numero. Si scusò e si rifugiò nella sua stanza. Era rimasta assolutamente uguale dai tempi dell'università.

– Ciao, Zosim. Mi sembra di capire che tu abbia fatto il grande salto, – disse emozionato, guardando una fotografia incorniciata. Era stata scattata qualche anno prima in un pub di Leeds frequentato da studenti universitari. Il primo a sinistra era proprio Sunil, il secondo era Zosim, poi c'era una ragazza dai lunghi capelli neri e un altro giovane con una zazzera riccioluta. Pinte di birra e sorrisi allegri e irriverenti.

– Marsiglia? Ma non dovevi andare a Zurigo? – domandò sorpreso. Ascoltò la risposta con evidente preoccupazione.

– Dovremo cambiare i nostri piani –. Fissarono un appuntamento e si salutarono. Il cuore batteva forte. Il progetto nato tra le chiacchiere ora stava diventando realtà. Poteva ancora tirarsi indietro ma non l'avrebbe mai fatto. Quel piano era cosí geniale e pazzo che valeva la pena giocarsi tutto. Anche la vita.

Ricordò la prima volta che aveva notato lo studente russo. Zosim attraversava di corsa Saint George's Park. La suola delle scarpette toccava appena il terreno. Ritmo, velocità. Sunil era rimasto colpito dalla sua espressione smarrita. La conosceva bene. La vedeva riflessa nello specchio ogni mattina. Qualche giorno dopo l'aveva avvicinato in un piccolo ristorante frequentato dagli studenti di Economia.

«Ha già deciso tutto, vero?» aveva chiesto a bruciapelo.

Zosim non si era scomposto. «Di chi stai parlando?»

«Del tuo paparino e del tuo futuro».

Il russo aveva scosso la testa. «Sono una specie di orfano».

«Beato te. Ma allora chi ti paga gli studi per diventare un pezzo grosso della finanza russa?»

«Non sono affari tuoi».

«Ti sbagli. Io sono Sunil Banerjee, l'irresistibile parsi di Leeds, e noi abbiamo qualcosa in comune».

«Cosa?»

«Un destino già scritto».

L'arrivo di un Sms distolse Sunil dai ricordi. Il messaggio confermava l'appuntamento con una avvenente fanciulla in un noto hotel del centro. Aprí un cassetto, prese alcune banconote di grosso taglio e le ripose nel portafogli. Vicky voleva essere pagata in contanti. Era una ragazza all'antica.

43.17°N 5.22°E

L'aereo atterrò poco prima di mezzanotte. Il viaggio era stato un inferno. Esteban Garrincha ne aveva sentito parlare, ma non aveva mai nemmeno immaginato cosa significasse tenere quei cazzo di ovuli nella pancia. L'ansia che scoppiassero gli rimescolava le trippe, e lo stimolo di correre al cesso rischiava di essere incontrollabile. E poi non si poteva permettere di bere o mangiare nulla ma doveva fingere, perché le hostess segnalavano agli sbirri i passeggeri che rifiutavano i pasti.

Garrincha sbarcò sillabando l'indirizzo che Mendes gli aveva ordinato di imparare a memoria. Durante le lunghe ore del volo aveva evitato di porsi domande sul suo futuro di clandestino in Francia. Non sapeva nulla del paese e tantomeno conosceva una sola parola della lingua locale. Una cosa alla volta, si era detto. Si sarebbe disfatto degli ovuli e poi avrebbe iniziato la dura battaglia per la sopravvivenza. Sempre se non lo avessero arrestato alla dogana.

Ora era in fila per il controllo dei passaporti e la paura cresceva a mano a mano che si rendeva conto dello spiegamento di forze che controllava l'aeroporto. Soldati, sbirri in divisa e in borghese, cani antidroga, artificieri. Due ragazzi davanti a lui vennero fatti uscire dalla fila e portati in una stanza poco lontana per una perquisizione.

Il documento che gli aveva fornito Mendes era stato rubato a un turista honduregno che si chiamava Jorge Lima. Chi aveva sostituito la foto sapeva il fatto suo. Poteva funzionare.

Il poliziotto prese il passaporto e iniziò a esaminarlo come se fosse un testo antico.

– Scopo della visita? – domandò saggiando la consistenza della carta.

– Turismo.

Il poliziotto appose il timbro con cura e diede un'ultima sbirciata al passaporto. – Le auguro un buon soggiorno.

Garrincha annusò l'aria prima di salire sul taxi. Voleva capire se era diversa da quella di Ciudad del Este. Lo era. Infilò le mani in tasca, tirò fuori le quattro banconote da cinquanta euro che Orlando gli aveva consegnato per pagare la corsa e le mostrò al conducente. Un maghrebino. Ce n'erano talmente tanti nella sua città che aveva imparato a riconoscerli. Dovette ripetere l'indirizzo tre volte. Quel cazzone faceva finta di non capire.

Una vecchia Peugeot 205 era parcheggiata davanti a un hotel di infimo ordine. I fari di un'auto di passaggio illuminarono l'abitacolo. Una donna fumava seduta al posto di guida. Tra i quarantacinque e i cinquant'anni, rotondetta, un metro e sessantacinque, capelli biondi tagliati corti che mettevano in evidenza un volto non bello, segnato da rughe profonde agli angoli della bocca. Nel mangianastri fuori produzione ormai da anni girava una cassetta di Johnny Halliday che in quel momento cantava *Que je t'aime*.

In una monovolume poco lontano tre tipi, Brainard, Delpech e Tarpin, ascoltavano hip hop francese chiacchierando e sghignazzando.

– ... Allora fermo la macchina e scendo per vedere che cosa è successo, – raccontava Brainard. – Grande errore. Qualcosa mi colpisce in testa, e poi cade sul parabrezza. Guardo: un dildo nero gigante, spesso come una bottiglia di birra. Subito dopo mi cade addosso una pioggia di dildo. Non sto scherzando. È come se Dio avesse visto cosa stava accadendo a Marsiglia e avesse detto: «Niente locuste per voi: vi mando una piaga di grandi cazzi neri...»

– E da dove piovevano? – domandò Delpech, piegato in due dalle risate.

– Da una di queste finestre qui in alto. Un finocchio stava buttando le porcherie del suo amante per strada. E sotto, una trans magrolina le raccoglieva e le metteva dentro una borsa. Da non crederci.

– Guardate un po', – intervenne Tarpin, indicando un taxi che si era fermato a scaricare un tizio.

– Latino-americano, sui trent'anni, appena sceso dall'aereo, bagaglio leggero... – osservò sarcastico Delpech. – Non vi sembra un po' sospetto?

– Questo dildo ha le gambe e parla spagnolo, – aggiunse Tarpin.

– Forse è qui con un visto da studente, – commentò sarcastico Brainard.

Anche la donna nella Peugeot aveva assistito alla scena. Allungò la mano verso il sedile del passeggero dove aveva appoggiato una ricetrasmittente. – Ora! – ordinò, e gli uomini a bordo della monovolume schizzarono fuori.

Il portiere della topaia non gli aveva chiesto nulla. Si era limitato a consegnargli la chiave della stanza numero 74. Garrincha era corso in bagno dove aveva trovato un enteroclisma in bella vista sulla mensola sbilenca sotto lo specchio.

Si era calato i pantaloni e si era ficcato la cannula nell'ano. Proprio in quel momento la porta era stata sfondata da tre tizi armati che gli avevano puntato pistole e un fucile a pompa.

Ora era con i pantaloni calati e le mani alzate. Uno dei tre agitò un paio di manette.

Garrincha sospirò. – Per ogni dieci che passano da qui, uno viene venduto per mettere le facce degli sbirri sul giornale... Tocca sempre al piú stronzo... *Soy el pendejo de esta fiesta...*

Poi si sedette sul cesso. Non ne poteva piú. I tre poliziotti non gli fecero fretta ma lo obbligarono a recuperare la coca e lavare per bene gli ovuli. Lo trascinarono ammanettato e incappucciato fino alla monovolume e lo obbligarono a distendersi sul pavimento e fare da tappetino per i loro scarponi. Garrincha pensò che era proprio vero che gli sbirri erano uguali in tutto il mondo.

Poco piú tardi, quando si decisero a levargli il cappuccio, si ritrovò nudo, legato mani e piedi a una sedia inchiodata sul pavimento, in un luogo che non sembrava affatto un commissariato di polizia ma piuttosto una fabbrica abbandonata. Nell'aria aleggiava un forte odore di pesce.

Una signora di mezza età, seduta di fronte a lui, fumava controllando il suo passaporto. Alle sue spalle i tizi che lo avevano arrestato. La donna schiacciò la cicca col tacco.

– Capisci il francese? – domandò in spagnolo.

– No.

– Allora sei fortunato. Anche i miei colleghi parlano la tua lingua, – spiegò. – Noi ci occupiamo esclusivamente di teste di cazzo che parlano castigliano.

– Perché mi avete portato qui?

– Perché qui un tempo sfilettavano le sardine.

– Io non sono una sardina.

– No?

– No!

La donna si voltò e fece un cenno a Brainard, che si avvicinò a Garrincha e gli piantò un taser nei testicoli. Esteban gridò. La scarica di corrente lo aveva squassato da capo a piedi.

– Sei una sardina? – domandò la signora.

– Sí, – ammise deciso il paraguaiano.

– Cosa sai di Marsiglia?

Garrincha scosse la testa sbirciando il tizio con la pistola elettrica. – *Nada*.

La donna accese un'altra sigaretta e iniziò a camminare nervosamente. – Quello che non sopporto è vedervi arrivare qui senza che sappiate un cazzo di questa città, perché se la conosceste almeno un po' non vi verrebbe mai la voglia di arrivarci con lo stomaco pieno di coca.

Un altro cenno, un'altra scarica, un altro lancinante grido di dolore.

– Le Vieux-Port, la Canebière, Notre-Dame de la Garde, Place de Lenche, Les Calanques, Château Borély... siete talmente stronzi che non vi viene in mente di consultare una guida turistica, digitare su un qualsiasi motore di ricerca la parola Marsiglia... Brainard!

– Basta, la prego, – implorò Garrincha.

– No, devi essere punito. Noi siamo marsigliesi e tu ci hai insultati.

Il poliziotto gli inflisse un'altra dose di ampere. La donna si sedette soddisfatta. – Possiamo farti quello che vogliamo e poi buttarti a mare con una pietra al collo e nessuno saprebbe nulla. Ti è chiaro?

– Sí.

– E lo sai che a forza di friggerle con il taser alla lunga le palle si rovinano? Pisciare sarà la cosa piú divertente che potrai fare. Credimi, c'è scritto sulle istruzioni.

– Le credo, – ribatté Esteban, ormai convinto di trovarsi nelle mani di un gruppo clandestino di poliziotti sadici. Ne conosceva un paio a Ciudad del Este e sapeva che alla fine del loro trattamento nessuno ne usciva vivo, ma cazzo, quella era l'Europa. Certe cose non dovevano accadere.

– Che ne dici di iniziare a parlare?

Garrincha si morse il labbro per la rabbia. Aveva capito che fino ad allora era stato il protagonista di uno spettaco-

lino in cui aveva recitato la parte del coglione. A giudicare
dagli avvenimenti recenti quello era il ruolo che interpretava
meglio, ma forse era arrivato il momento di giocare la partita in modo diverso.

– Mi piacerebbe molto parlare con lei, señora, ma vorrei
sapere se anche lei ha qualcosa da dirmi.

La donna lo afferrò per i capelli con violenza. – Ben svegliato, baby, – sussurrò. – Se mi soddisfa quello che racconti non ti mando in galera, ma ti porto a spasso per Marsiglia
con un bel guinzaglio corto. Non ho altro da dirti. E tu?

– Da dove vuole che cominci?

La poliziotta frugò nella borsa alla ricerca di un registratore. – Parti da quando hai fatto la prima cazzata. A casa
non abbiamo nessuno che ci aspetti.

Con uno scatto del braccio Brainard lo colpí con un'altra
scarica. La signora attese che Esteban si riprendesse. – Scusa, mi ero dimenticata di avvertirti che nel caso avessimo
l'impressione che tu ci stia prendendo per il culo, l'elettri-
cità ti ricorderà che dire bugie è un peccato. Qual è il tuo
vero nome?

– Esteban Garrincha.

– Piacere, Esteban. Io sono il commissario Bernadette
Bourdet, e loro sono gli ispettori Adrien Brainard, Gérard
Delpech e Baptiste Tarpin.

Gli sbirri si divertirono a esibirsi in inchini esagerati.

– Dove sei nato, Esteban?

– Ciudad del Este.

– Bravo. Ora continua da solo.

Il commissario Bourdet entrò in un ristorante nella zona
del Vieux-Port. Come sempre all'ora di pranzo, era strapie-
no. I tavoli vicini alla cassa erano occupati da uomini dall'aria
dura che non facevano nulla per non suscitare il sospetto che

appartenessero al crimine organizzato. Uno di loro si alzò e le sbarrò il passo, con tatto e gentilezza.

– Ciao, Ange.

– Buongiorno, commissario. Armand sta pranzando.

– Gli farò compagnia.

– Le faccio strada.

Il commissario strizzò l'occhio alla cassiera, una trentenne con un décolleté messo in bella mostra, che rispose con un sorriso tirato. Ange spostò la tenda, che offriva la giusta riservatezza a una saletta illuminata da due finestrelle protette da spessi vetri blindati. Armand Grisoni affondò il cucchiaio nel piatto di zuppa, sbirciando il quotidiano aperto al suo fianco.

– Mantieni le strade sicure, commissario?

– Faccio il possibile. Ci sono un sacco di criminali in giro –. La Bourdet si sedette e allungò il naso verso il piatto.

– Sembra buona –. Prese un pezzo di baguette e lo intinse per bene. Masticò con calma, poi si rivolse ad Ange. – Saresti così gentile da farmene portare un piatto?

L'uomo scosse la testa e uscí dalla stanza.

– Cos'ha? – domandò il commissario.

– È preoccupato per la tua reputazione. Con tutti i giornalisti che ci sono in giro.

– Molto carino da parte sua, ma non c'è pericolo. Nessuno oserà rompermi i coglioni.

– Nemmeno il nuovo prefetto?

La donna ridacchiò. – Si guarderanno bene dal metterlo al corrente della mia esistenza.

Un anziano cameriere arrivò con la zuppa e le posate.

– Ho visto che hai promosso Marie-Cécile a cassiera.

– L'ho tolta dalla strada. C'è stata già abbastanza e poi è una brava ragazza, sa stare al posto suo.

– In ginocchio, e non certo per dire le preghiere.

– Ha fatto divertire anche te.

– Lo ammetto. L'ho caricata in macchina piú di una volta ma ho sempre pagato. Non sono uno di quegli sbirri che si scopano gratis le puttane.

Armand attese che la poliziotta appoggiasse il cucchiaio.

– Cosa devi dirmi, B.B.?

Grisoni era uno dei pochi che poteva permettersi di chiamarla con quel nomignolo, che le era stato affibbiato fin da quando aveva preso servizio alla Bac, la Brigade Anti-Criminalité. Era brutta, ribelle, cattiva e lesbica. In comune con Brigitte Bardot aveva solo le iniziali.

– Ho piazzato un sudamericano nel Tredicesimo e credo che si farà notare. Di' ai tuoi ragazzi di non farlo fuori.

– D'accordo. E tu penserai a me?

La poliziotta scostò la sedia e si alzò. – Come sempre. Tenerti fuori di galera è lo scopo della mia vita, Armand.

Due

L'attico era grande e deserto. Zosim Kataev uscí nella terrazza a godersi la vista del Vieux-Port. Era in maniche di camicia nonostante fosse novembre. Ma non era poi cosí freddo e lui era abituato a ben altre temperature. Marsiglia era molto meglio di quello che si era aspettato ma avrebbe comunque preferito Zurigo. Lí non si sarebbe sentito cosí solo. Era entrato nella prima agenzia immobiliare che aveva trovato fuori dall'hotel.

– In questo periodo non c'è che l'imbarazzo della scelta, – aveva messo in chiaro il titolare dopo che si era fatto ripetere bene in inglese che monsieur Aleksandr Peskov, questo era il nuovo nome che gli era stato procurato dall'Fsb, voleva acquistare due immobili di lusso di circa trecento metri quadri l'uno. Uno adibito ad abitazione, l'altro a sede della società che il russo avrebbe fondato a breve.

Una volta verificata la reale disponibilità economica del cliente, il tizio si era dato da fare e lo aveva portato a visitare quelli che aveva a disposizione. Il criterio di scelta di Zosim era la fretta, ed entro sera era già in possesso delle chiavi che aveva ricevuto in cambio di un bonifico arrivato a tempo di record, grazie all'intercessione della funzionaria che seguiva il suo conto a Zurigo.

Gli aveva fatto un enorme piacere sentire la voce di Sunil, il suo migliore amico. Sarebbe arrivato presto e finalmente l'avventura avrebbe avuto inizio. Era un altro l'incontro che attendeva con trepidazione, ma per vedere quella persona speciale avrebbe dovuto attendere ancora un po'.

– Mi chiamo Aleksandr Peskov, – disse alla notte. Ripeté quel nome decine di volte finché divenne un suono familiare e fu certo che non avrebbe fatto confusione. Fece un altro giro per le stanze in compagnia dello scatto degli interruttori e tornò a piedi in albergo dove si cambiò per andare in palestra. Scelse con cura il tapis roulant e iniziò a correre. Zosim amava correre. Amava la velocità.

Fin da bambino correre sino a sfinirsi era l'unico modo per trovare pace. Poi, col tempo, era diventato qualcos'altro. Adesso era per lui riaffermare la determinazione alla vittoria. Alla libertà.

Il mattino seguente, alle nove in punto, Zosim era di nuovo nell'appartamento, in attesa dell'arredatrice consigliata dall'agenzia.

– Sono Juliette Fabre, – si presentò sulla porta. Una matrona dal volto piacente, su cui spiccavano grandi occhi verdi. Dietro di lei, quattro collaboratrici di varie età.

– Prego, si accomodi.

– Di solito non tratto clienti russi, ma il mio amico ha cosí insistito...

– E come mai? – chiese Aleksandr divertito.

– Perché non accettano consigli e rovinano tutto con il loro gusto orribile e pacchiano.

Peskov appoggiò una mano sul cuore. – Madame Fabre, lei ha carta bianca. Ho solo fretta.

– Bello e subito, – commentò la donna.

– Esattamente, – disse porgendole una spessa busta zeppa di banconote. – Questo è l'anticipo. Mi scuso se è in contanti, ma non ho avuto ancora il tempo di andare in banca a ritirare gli assegni.

I soldi scomparvero nella capiente borsa dell'arredatrice.
– Non si preoccupi. Va bene cosí.

Fece un cenno alle quattro accompagnatrici che iniziarono a misurare l'appartamento, a fotografarlo in ogni minimo dettaglio e a disegnare bozzetti.

– Allora, qui l'arredamento sarà molto, molto francese con qualche piccolo tocco mediterraneo, mentre gli uffici, anche se non li ho ancora visitati, li vedrei piuttosto proiettati nel futuro con molto acciaio, vetro e legno bianco e, come contrasto, qualche mobile da ufficio anni Cinquanta.

– Mi sembra un'idea straordinaria, – commentò il russo congedandosi.

Juliette Fabre lo osservò mentre si allontanava. Un bell'uomo e dai modi affabili per essere un barbaro. Non si chiese da dove tirasse fuori i quattrini. Erano rari ormai i clienti danarosi che non suscitavano sospetti sull'origine delle loro fortune.

Aleksandr Peskov si fermò nel bar di una catena italiana a bere un cappuccino e a leggere i giornali. Iniziò da «La Marseillaise» per cominciare ad ambientarsi e per migliorare la conoscenza della lingua. Ulita si materializzò al suo tavolino. Il tempo di abbassare il quotidiano e lei era già seduta.

– Ti sei raccomandato con quella cicciona che il letto sia grande e comodo? – domandò con una vocina petulante.

– Sono sorpreso di vederti qui, – disse il russo. – Ma mi fa piacere, cosí possiamo chiarire alcune cose, perché ho l'impressione che i nostri accordi non abbiano piú valore. Dovevo stabilirmi a Zurigo per gestire i fondi sottratti alla Brigata di Vitaly Zaytsev e l'affare del legname di Černobyl', che servivano a rimpinguare le casse dell'Fsb. E invece mi ritrovo in un locale di Marsiglia in tua compagnia.

– Non ti fa piacere che sia venuta a trovarti dalla lontana madrepatria?

– Da impazzire! Ma ora rispondi.

La donna cambiò tono. – Marsiglia è la porta tra l'Europa
e l'Africa ed è il crocevia dei traffici degli estremisti islamici
con cui i ceceni hanno ormai rapporti piú che stabili. Uomini, armi… dobbiamo avere la possibilità di intercettarli prima che arrivino in Russia e mettano bombe nelle metropo-
litane. Non ti abbiamo mandato qui solo per riciclare e far
fruttare i soldi della tua compianta Organizatsya. Dobbiamo
usare le risorse economiche che tu ci garantisci per mettere
in piedi una rete efficiente e stabile.

– Non avete mai avuto l'intenzione di mandarmi a Zurigo, vero?

– Vero. Un'ora di volo e sei in Svizzera per seguire gli affari. Qui a Marsiglia dovrai invece creare relazioni con gli
ambienti che contano. Politici, imprenditori, finanzieri, tutto
quello che ci può essere utile per rafforzare la nostra presenza.

– Mi stai dicendo che non ci sono nostri agenti in questa città?

– Non fare l'ingenuo con me, – sibilò Ulita. – La Russia
ha molte anime e ognuna il suo servizio segreto. Tu sei agli
ordini dell'Fsb del generale Vorilov.

– Quante altre fregature mi devo aspettare?

La donna gli afferrò il mento. – Fino all'altro giorno eri
un mafioso del cazzo. Ora hai l'occasione di riscattarti, – sussurrò in tono gelido.

– Chiedo scusa, tenente Vinogradova. Mi sono espresso
in modo improprio.

– Con te non si capisce mai se parli seriamente o prendi
per i fondelli.

Peskov allargò le braccia. – Mi conosci, sai bene come sono fatto, dato che sei stata tu ad arruolarmi.

– E ti ho permesso di cambiare il tuo destino.

– E quale sarà, Ulita?

Lei alzò le spalle. – Nessuno conosce il futuro. L'unica cosa certa è che lo scopriremo insieme. Il nostro legame è indissolubile.

– Hai dimenticato il generale, – fece notare Peskov. – La nostra è una storia a tre.

– Non l'ho affatto scordato. Vorilov è il nostro piccolo padre.

Aleksandr rabbrividí. In quel modo veniva chiamato affettuosamente anche Stalin ai tempi della grande guerra patriottica, ma evitò di indagare sulle idee politiche del tenente. In Russia il dittatore aveva ancora una grande popolarità. Era terzo nei sondaggi dopo il leggendario principe Nevskij e il ministro zarista Stolypin. La dedizione di Ulita per il suo paese era sincera, nonostante la sua smisurata ambizione che, a volte, l'aveva portata a valutare le situazioni in maniera decisamente errata.

Come la faccenda del suo arruolamento. Lei era convinta di avere accalappiato Zosim con chiacchiere e sesso. Era arrivata a Leeds e aveva iniziato a girargli intorno fino a quando non erano finiti a letto. Quello che il tenente Vinogradova ignorava è che la segnalazione ai servizi federali sullo studente Zosim Kataev era arrivata per sua volontà. Era stato lui a farsi arruolare. Liberarsi dell'Organizatsya, impadronendosi dei suoi fondi, era il primo passo necessario verso la libertà.

Ulita aveva scommesso sul cavallo sbagliato, che le avrebbe procurato solo cocenti delusioni. Aleksandr sorrise al pensiero.

– A cosa stai pensando di cosí piacevole? – lo stuzzicò infastidita.

– Stavo pensando al tuo bel culo, – mentí. – È un pezzo che non facciamo una bella cavalcata... peccato che tra un paio d'ore abbia un volo per Zurigo.

– Quando conti di tornare?

– Domani stesso.

Ulita sorrise compiaciuta. – E allora non dovrai attendere a lungo.

Uscí dal locale seguita dagli sguardi di diversi uomini. Per essere un agente operativo non passava certo inosservata. Peskov sospirò. Detestava andare a letto con quella donna. Durante i preliminari le piaceva imporre il suo potere anche tra le lenzuola, salvo poi mettersi prona e affondare il viso nel cuscino.

Era a disagio. Avrebbe voluto correre fino all'aeroporto per scaricare la tensione di quell'incontro, ma a malincuore dovette salire su un taxi.

A Zurigo invece scelse il treno per raggiungere la città. Voleva essere certo che nessuno lo seguisse. Mangiò un boccone al *Kaufleuten* in Pelikanstrasse memorizzando volti e mezzi. Poi fece un lungo giro per raggiungere la Bahnhofstrasse, dove aveva sede la Hans Lehmann Privat Bank. Si presentò come Aleksandr Peskov, chiese di incontrare la sua consulente, la signorina Inez Theiler, e si accomodò nell'accogliente sala d'attesa sfogliando il «Singapore Business Time».

Inez lo aveva conosciuto con un altro nome, ma si sforzò di non mostrare nessuna emozione quando lo vide. Allungò la mano e lo salutò in modo molto formale. I due si fissarono a lungo. Fu il russo a scuotersi e a staccare la mano. Lei gli fece strada fino al suo ufficio. Solo allora, non appena chiusa la porta, poterono baciarsi. Lei gli passò le mani sul volto e sul petto.

– Zosim, Zosim, amore mio, – singhiozzò. – Finalmente sei arrivato, ero cosí preoccupata.

Il russo la strinse a sé, indeciso se metterla subito al corrente del cambiamento dei piani. Fu un attimo. Poi venne travolto dal desiderio di baciarla.

– Dammi le chiavi. Ti aspetterò a casa, – sussurrò.

Dalla finestra della camera da letto Peskov osservava quasi ipnotizzato lo scorrere lento delle acque del Limmat. Lo aiutava a controllare le emozioni che lo assalivano di continuo. Il desiderio di fare l'amore con Inez era travolgente, ma era rovinato dalla consapevolezza che la notizia di Marsiglia le avrebbe spezzato il cuore. Si erano conosciuti all'università di Leeds, si erano innamorati dopo qualche tempo ma avevano sempre tenuto nascosta la loro relazione. Era l'unico modo per salvaguardarla. Dalla Organizatsya, da Ulita, dai suoi genitori. Nemmeno gli amici piú cari ne erano al corrente. Sul pianoforte in salotto una cornice d'argento conservava l'istantanea di quattro ragazzi in un pub. Zosim, Sunil, Inez e Giuseppe, l'italiano. Erano inseparabili. Eppure quel segreto era rimasto tale per tutti. Il piano di stabilirsi a Zurigo era stato escogitato per poter stare finalmente vicini. Ora bisognava avere la forza di costruire un futuro diverso. E l'unica possibilità di farlo era liberarsi dell'Fsb.

Attese Inez seduto su una poltrona. Quando entrò le chiese di spogliarsi e la osservò a lungo, nuda, in piedi. Era bellissima. Lei lo prese per mano e lo guidò verso il letto.

A notte fonda, Inez preparò uno spuntino a base di blue stilton, Sauternes e noci.

– L'Fsb mi ha ingannato, – disse lui d'un fiato. – Sono stato destinato a Marsiglia.

Gli occhi della ragazza si riempirono di lacrime.

– Troveremo una soluzione, – si affrettò a dire Aleksandr.

– E quale? – chiese lei con una punta di sarcasmo.

Lui scosse la testa. – Al momento non ne ho idea.

Anche Inez amava la velocità. Di pensiero. Era sempre stata un fulmine nell'analizzare le situazioni. Non a caso, a ventisette anni, nella banca occupava un posto di dirigente che, di solito, si poteva ottenere soltanto dopo una lunga gavetta. Poco importava che il consiglio di amministrazione fosse saldamente in mano alla sua famiglia. Lí, il merito era l'unico criterio di valutazione nell'ambito lavorativo. Le lacrime scomparvero per fare posto alla razionalità.

– Dovremo investire il capitale a Marsiglia con un alto margine di rischio, – ragionò a voce alta. – Non solo economico...

– L'unica soluzione è far girare i soldi nei posti giusti oltre a iniettare denaro nelle attività di Sunil e Giuseppe.

– Avremo bisogno di agganci a livello locale.

– L'Fsb mi ha ordinato di infiltrarmi negli ambienti che contano: finanza, imprenditoria, politica.

– Domani cercherò negli archivi dei nostri correntisti e ti proporrò dei candidati.

Inez si alzò e si sedette sulle sue ginocchia. – Perché non abbiamo fortuna, Zosim?

– Ora mi chiamo Aleksandr. Zosim è morto, se continui a chiamarmi cosí non riuscirò a diventare qualcun altro.

– D'accordo, Aleksandr. Ma adesso rispondi alla mia domanda.

Il russo si versò del vino. Poi rinunciò a berlo. – Non si tratta di fortuna, ma del mio destino. Sono stato proprietà personale di un capomafia, ora lo sono di un generale dei servizi e della sua amante psicopatica. Mi sono liberato del primo, quando mi libererò anche degli altri potremo avere una vita nostra.

– Quella Ulita ti scopa ancora? – chiese Inez in tono sgradevole.

– Quando ne ha voglia, – rispose lui con sincera crudezza. – E tu con chi vai a letto?

– Con quelli che ti assomigliano, cosí posso fingere che tu sia con me –. Inez si alzò e tornò sulla sua sedia. – Ti ricordi cosa ti dissi l'ultima notte a Leeds?

– «Ci amiamo ma siamo anche complici», – recitò Aleksandr a memoria. – «Amore e crimine. Se questo è il nostro futuro, sono pronta ad andare fino in fondo».

– Era una frase un po' sciocca, detta per smorzare la tensione, – disse Inez. – Vederti partire è stato doloroso... ma ora purtroppo questa è la nostra realtà. E io sono davvero pronta ad andare fino in fondo.

Tornarono a letto e rimasero in silenzio, abbracciati.

Esteban Garrincha arrancava verso un gruppo di palazzoni fatiscenti nel Tredicesimo. I coglioni gli dolevano ed era costretto a camminare leggermente a gambe larghe. Era sfinito, affamato e aveva perso la cognizione del tempo a forza di stare prigioniero in quel cazzo di posto che sapeva di pesce. La sbirra aveva voluto essere certa che avesse capito perfettamente come comportarsi. Quel quartiere non gli piaceva per niente. C'era la stessa aria di miseria e disperazione del suo vecchio barrio. Gruppi di ragazzi maghrebini, che stavano assistendo a una gara di moto clandestina, lo fissarono con diffidenza. Un paio iniziarono a girargli intorno a bordo del loro scooter. Il paraguaiano li ignorò e tirò dritto. Trovò il portone giusto e salí le scale fino al terzo piano. L'ascensore era guardato a vista da altri ragazzi e non se l'era sentita di chiedere il permesso di usarlo. Infilò la chiave nella serratura dell'appartamento numero 16 e si ritrovò in un monolocale sporco e puzzolente. Con un calcio richiuse la porta dietro di sé e si precipitò a spalancare l'unica finestra. A differenza del russo, Garrincha non era abituato al freddo, e la scoperta che il termosifone era ghiacciato non aiutò a migliorare l'umore.

– Puttana di una poliziotta, – masticò tra i denti. Non poteva sistemarlo in un posto peggiore.

Qualcuno bussò alla porta con insistenza. Esteban si ritrovò di fronte a una decina di giovanissimi teppisti. Quello che sembrava il capo gli diede una spinta ed entrò seguito dagli altri.

– E tu chi cazzo sei? Chi ti ha dato il permesso di entrare?

– Ho avuto le chiavi da un amico, – rispose il paraguaiano in spagnolo.

Il capo si rivolse ai suoi compari. – E che cazzo, questo non parla nemmeno francese.

– Sarà amico di quel coglione di boliviano che abitava qui e si è fatto beccare con la coca.

– Qui comandiamo noi, Clan des Gitans. Ficcatelo bene in testa, e ci devi pagare l'affitto, – mise in chiaro l'altro, strofinando pollice e indice.

Garrincha si limitò a scuotere la testa. Non aveva un centesimo in tasca.

I ragazzi lo gettarono a terra e lo perquisirono. Aver detto la verità non lo risparmiò da una raffica di calci. Si riparò la testa e le palle.

Se ne andarono dopo averlo minacciato di fracassargli le ossa se non avesse iniziato a pagare dal giorno seguente.

Esteban decise che non aveva la minima intenzione di diventare il passatempo di quei giovani teppisti e si ripromise di procurarsi un'arma. Raccolse dal pavimento una scopa lercia col manico rotto e attaccò a spazzare.

Sentí bussare alla porta di nuovo ma piú gentilmente. Andò ad aprire brandendo il mozzicone di legno come un'arma. Il ragazzino che aveva bussato non riuscí a trattenere una mezza risata. Doveva avere non piú di tredici anni, ma la faccia ne dimostrava una decina di piú.

– Non fai molta paura con quella mezza scopa, – disse in spagnolo.

Garrincha fu cosí felice di incontrare qualcuno che parlava la sua lingua da ignorare le parole di scherno.

– Chi sei?

– Pedro.

– Cosa vuoi?

– Conosci quello che stava qui prima?

– Può darsi.

– Vieni con me.

All'uscita passarono in mezzo al gruppo che lo aveva aggredito, ma la vista del ragazzino bastò a calmarli. Camminarono cinque minuti in silenzio e raggiunsero un altro palazzone identico a quello dove la poliziotta lo aveva mandato ad abitare.

«È il posto giusto per entrare in contatto con la feccia del Tredicesimo», gli aveva detto la Bourdet.

Pedro lo condusse in un grande appartamento pulito e arredato in modo costoso ma pacchiano anche per i gusti di un gangster paraguaiano. Un tizio sui trent'anni, smilzo, in canottiera e con i capelli impomatati, sedeva su una poltrona cullando una bambina di circa tre anni. Portava tanto oro addosso da sembrare uno dei trafficanti *latinos* delle serie televisive americane. Fece segno a Garrincha di sedersi e di non fare troppo rumore.

– Altrimenti non si addormenta e rompe i coglioni tutta la notte, – spiegò a voce bassa.

Garrincha annuí in modo serio, come se avesse ricevuto una confidenza della massima importanza.

– Come ti chiami? – domandò l'impomatato.

– Non lo so ancora.

– Si può almeno sapere da dove cazzo vieni?

– Argentina, – mentí.

– Be', io mi chiamo Ramón, sono venezuelano e tu adesso lavori per me.

– Cosa devo fare?

– Pedro ti accompagnerà in un palazzo qui vicino. C'è un tossico di merda che doveva custodirmi un po' di roba e l'ha scambiata con l'eroina. Gli dài una lezione e gli porti via qualsiasi cosa valga piú di un euro.

Esteban si toccò la pancia. – Sono senza forze, non mangio da due giorni.

– Guarda, bello, che la fame l'abbiamo sofferta tutti. Tu vai a fare il lavoro e stasera mangi. Mi sembra chiaro, no?

Il paraguaiano sbuffò spazientito. La fame, il dolore al basso ventre, il fatto di essere diventato il burattino di una poliziotta e di essere stato malmenato da quattro gitani... Tutto contribuiva a renderlo irascibile. Si alzò di scatto e seguí ancora una volta il ragazzino. Un altro palazzone, la stessa aria pregna di violenza e disperazione. Di fronte alla porta del tossico, Pedro si frugò nella tasca e tirò fuori un lucido tirapugni in ottone.

– Fagli male. È un negro di merda.

Gli aprí una donna africana sui trentacinque anni, magra, emaciata. Si afflosciò a terra come uno straccio quando Garrincha la colpí al mento. Arrivò il negro, visibilmente provato dalla tossicodipendenza.

– Perché l'hai colpita? Non ti ha fatto niente.

Esteban Garrincha era un professionista della violenza. L'adolescenza vissuta al barrio Tarzan, la periferia piú degradata della capitale, l'esercito e la banda di Carlos Maidana gli avevano insegnato a uccidere, torturare, picchiare in ogni modo possibile. Il tossico non morí solo perché il paraguaiano era davvero bravo. Al sistema sanitario francese sarebbe costato però un bel mucchio di quattrini rimetterlo in sesto.

Insieme al ragazzino perquisí l'appartamento, raccattando monete e altri miseri oggetti per un valore che non superava i cento euro. Ma fu la totale assenza di cibo a mandare in bestia Garrincha. Afferrò la donna che si stava lentamente riprendendo e la buttò su un divano sgangherato.

– Non c'è un cazzo da mangiare, – urlò.

La tizia ridacchiò piano e mormorò qualche parola in francese, scuotendo la testa.

– Che cazzo ha detto? – chiese a Pedro.

– Che sei un povero coglione. I tossici non spendono soldi per mangiare ma per farsi. Quando hanno fame vanno alla mensa dei poveri.

Esteban le strappò la gonna e le mutandine. Poi fece scorrere la lampo dei pantaloni e tirò fuori il cazzo.

– Forse è il caso che te ne vai, – disse al ragazzino. – Io devo dire due parole alla signora.

– Adoro gli stupri, amigo. Non me ne perdo mai uno, – ribatté Pedro eccitato.

La donna non si oppose. Lo lasciò fare senza emettere un suono. Non era la prima volta che veniva stuprata e sapeva che era sempre meglio non provocare ulteriormente uno stronzo infoiato.

Quando il paraguaiano terminò di usarle violenza, si mise seduta senza guardarlo e iniziò a sistemarsi i capelli con gesti lenti, mentre le lacrime le rigavano il volto.

Garrincha andò in bagno a pulirsi. Ricordava di aver notato un rotolo di carta igienica appoggiato sul davanzale della finestra. Quando uscí, il ragazzino era scomparso.

Lo ritrovò a casa di Ramón, dove era tornato per farsi pagare.

– Pedro mi ha detto che hai pestato quello stronzo come un professionista e che hai ripulito per bene l'appartamento, – si complimentò il venezuelano tracannando birra direttamente dalla bottiglia. – Ma mi ha anche detto che ti sei scopato la donna e questo io non te lo avevo ordinato.

Garrincha alzò le spalle. – Non vedo dove sta il problema.

– Nessuno nella mia organizzazione può prendere iniziative. Ed è per questo che non ti darò un soldo. Adesso sparisci. Se avrò bisogno di te, ti manderò a chiamare.

Il paraguaiano strizzò gli occhi e respirò a fondo per mantenere la freddezza necessaria. – Scusa, Ramón, tu parli di organizzazione, ma io finora ho visto solo te e il ragazzino. L'altro sorrise sprezzante. – Curro! Serafín! – gridò. Nella stanza entrarono due teppistelli con le pistole che spuntavano dai pantaloni. Si appoggiarono a una parete con l'aria da duri. Garrincha non rimase affatto impressionato.

– Qui ci sono maghrebini, negri, albanesi, turchi... e ci siamo anche noi, – spiegò Ramón. – Ognuno ha la sua fetta di mercato, e la nostra non ce la porta via nessuno perché siamo un'organizzazione e siamo cattivi esattamente quanto gli altri.

Garrincha annuí. – Ti ringrazio della spiegazione. Aspetterò che tu abbia bisogno di me.

– Tu sei proprio un *pendejo*. Mi manchi di rispetto e pretendi di andartene via senza essere punito?

Esteban sbuffò. Era stanco, affamato e nervoso. E tutti volevano punirlo. – Ho fatto solo una domanda, – spiegò in tono pacato.

– Che non dovevi fare.

– Devo essere castigato perché mi sono fatto la negra o perché ti ho mancato di rispetto?

– Il conto è unico, coglione.

– Mi devo tirare giú i pantaloni per farmi sculacciare?

Ramón si alzò di scatto. – Portatelo a fare un giro, – disse ai suoi uomini. – E spaccategli qualche osso.

I due si avvicinarono ghignando. Erano grossi ma erano fessi. Quello che veniva chiamato Curro lo afferrò per un braccio, e a Garrincha fu sufficiente spostarsi di un passo e allungare una mano per sfilargli la pistola. La puntò subito alla gola dell'altro, disarmandolo a sua volta. Ramón non credeva ai suoi occhi. E nemmeno alle sue orecchie quando Garrincha gli chiese dov'erano i soldi.

– Mi vuoi rapinare?

– È quello che sto facendo, testa di cazzo.

– Ma non puoi farlo, – balbettò Ramón esterrefatto. – Dove cazzo credi di essere? Qui a Marsiglia le cose funzionano in modo diverso.

– Se gli altri sono come voi, credo proprio che me la spasserò alla grande.

Il venezuelano puntò il dito contro Curro e Serafín. – Con voi faccio i conti dopo, – ringhiò giusto per darsi un contegno. Esteban alzò i cani delle pistole e Ramón si affrettò a sollevare il cuscino della poltrona. In un incavo appositamente scavato nella gommapiuma c'era una scatola di latta che un tempo aveva contenuto le famose gallette di Saint-Michel. La prese e l'appoggiò su un tavolino.

– Mettici dentro anche tutto l'oro che ti porti addosso e il cellulare, – intimò il paraguaiano.

– Stai esagerando. Cosí sei già morto, ma se insisti a fare il coglione sarò costretto a farti tanto male, prima.

L'altro lo inquadrò nel mirino. – Sei tu il coglione. Io non mi farei ammazzare per quattro gioielli del cazzo.

Gli anelli, i braccialetti e le collane finirono nella scatola insieme a un discreto mucchietto di euro.

Garrincha si diresse verso il centro per festeggiare. Entrò in un fast food e si ingozzò di cheeseburger e Coca-Cola. Poi in un grande magazzino per rinnovare il guardaroba e infine in una pensione dove prese una stanza decente. Si tagliò la barba, fece una doccia bollente e telefonò al commissario Bourdet col cellulare di Ramón che continuava a ricevere messaggi di minaccia dell'ex proprietario.

In piena notte Esteban uscí con addosso vestiti nuovi e tutti i gioielli che aveva sgraffignato al venezuelano. Le due pistole erano infilate nelle tasche del giubbotto. Che ci provassero pure a rapinarlo. Non dovette fare molta strada, la vecchia Peugeot della poliziotta era parcheggiata proprio di fronte. B.B., sigaretta fra le labbra, ruotò la manopola del volume. La voce di Johnny Halliday sfumò fino a sparire del tutto.

– Gira voce che sei pazzo ma hai anche degli estimatori pronti a scommettere che diventerai il nuovo capo dei *latinos*, se ammazzerai Ramón...

Garrincha alzò le spalle. Prese una sigaretta dal pacchetto sul cruscotto. – Cosa devo fare me lo deve dire lei, capo.

La Bourdet rimase in silenzio a fumare. – Scopri dove Ramón tiene la roba, – disse dopo un po'. – E io faccio una retata e arresto buona parte della banda, cosí non mi sporcherai le strade di sangue.

– Non ho rapporti cosí buoni con quegli stronzi per farmelo dire.

– Pedro sa tutto.

– È solo un ragazzino, rischio di storpiarlo per nulla.

– Pedro è il fratello di Ramón, – rivelò la poliziotta. – E a quest'ora lo puoi trovare in un posto tranquillo lontano dal Tredicesimo.

– Non ho una macchina, non so dove portarlo per fare due chiacchiere in santa pace.

– Quelli non sono problemi, – tagliò corto B.B. – Voglio capire se stai tirando indietro il culo.

– No, capo. Prenderò Pedro e lo farò cantare.

La poliziotta gli credette. Non era il primo trafficante che gestiva in modo illegale e clandestino, ma Garrincha era diverso. Aveva delle innegabili qualità criminali e poteva essere utile per raggiungere quei risultati che si era prefissata da tempo. Infilò una mano nella borsetta e tirò fuori una carta d'identità.

– Da questo momento ti chiami Juan Santucho, argentino di San Luis. Sbrigati a imparare la nostra lingua, altrimenti

questo documento, che migliaia di stronzi come te scanne-
rebbe la mamma pur di averlo, non varrà un cazzo.
– Sí, capo.
Con un gesto fulmineo la poliziotta lo afferrò per i capelli e lo attirò verso di sé. – Io non sono il tuo capo, «Juan»,
sono il tuo unico dio. Riesci a capire la differenza?

Pedro, quando poteva, evadeva dal quartiere, dalla sua
esistenza fottuta per trascorrere qualche ora spensierata in
una sala giochi del Secondo. Lí comandava la Gang des Car-
mes che non aveva problemi o conti da regolare con i vene-
zuelani, e poteva sputtanarsi i soldi senza correre il rischio
di essere rapinato. Quella notte non aveva voglia di tornare nel monolocale a fianco all'appartamento di Ramón. Il
fratello stava battendo il Tredicesimo a caccia di quel tizio
che lo aveva fatto fesso e non gli andava di subire la sua ira.
Ramón non era mai stato cosí umiliato, e la sua reputazione
rischiava grosso se non lo avesse ammazzato con le sue mani
dopo avergli fatto sputare l'anima. Mentre si dannava su quel
vecchio flipper della serie Mutant Ninja Turtles, Pedro non
faceva che pensare alla violenza che aveva subito la negra.
Gli era piaciuto assistere. Ancora di piú di quella volta che
Curro e Serafín avevano portato in dono a suo fratello una
studentessa strafatta. Una universitaria vera, una di quelle
che sarebbero diventate insegnanti o architetti. Pedro aveva già scopato. Due volte. E con puttane pagate da Ramón
che lo avevano trattato come un ragazzino e si erano diver-
tite a farlo venire subito.
    Non si accorse della presenza di Garrincha fino a quando
non gli mise una mano sulla spalla.
    – Voglio fare pace con tuo fratello, – mentí Esteban. – Ho
fatto una cazzata e voglio rimediare. Accompagnami da lui.
Ho la macchina fuori.

Il discorso avrebbe potuto anche essere credibile ma c'era un particolare che insospettí Pedro. Come cazzo faceva a sapere che si trovava in quella sala giochi?

– Vacci da solo. La strada la sai.

La mano di Esteban divenne una morsa.

– Se non esci con me ora ti sparo con la pistola di Curro. Sopra ci sono le sue impronte e per salvarsi dall'ergastolo metterà nella merda tuo fratello. Tu al camposanto, lui in galera.

Il ragazzino era confuso e impaurito e si fece accompagnare all'auto senza tentare la fuga o chiamare aiuto. Era una Volvo che era stata rubata, ritrovata e non ancora restituita ai proprietari. Magie degli sbirri come Brainard, Delpech e Tarpin.

– Devi sapere una cosa che mi riguarda, Pedro, – disse il paraguaiano ingranando la marcia. – Io vengo da un paese del Sudamerica dove c'è stata una dittatura lunga e feroce. E a quel tempo ero un giovane soldato dell'esercito. E la prima cosa che mi hanno insegnato è stato torturare per avere informazioni. E sono diventato bravo. La mia specialità era togliere la pelle a quei cazzoni di guerriglieri. Non è mica facile, sai? Si tratta di incidere e poi tirare piano piano i lembi altrimenti si spacca. Per una gamba ci vuole almeno un'ora per fare un buon lavoro.

Si girò a guardare il ragazzino. Era terrorizzato.

– Ora dovrei portarti in un posto isolato e tranquillo, legarti e torturarti, – continuò in tono piatto. – E poi dovrei finirti con un colpo alla nuca perché dove cazzo vai senza pelle? Mica si compra al metro...

– Cosa vuoi da me? – gridò Pedro esasperato.

– Era proprio a questo che volevo arrivare, perché possiamo evitare di andare in quel brutto posto se tu mi dici dove Ramón tiene la roba.

Era proprio un ragazzino invischiato in cose piú grandi
di lui. Tradí il fratello e poi scoppiò a piangere disperato.
Garrincha lo scaricò a un semaforo.

– Questo è un segreto che rimane tra di noi, piccolo, –
mentí ancora una volta. – E non è poi cosí grave. Ramón è
solo un povero coglione.

L'indomani mattina una monovolume inchiodò davanti a un negozio di parrucchiera nel Tredicesimo. Delpech e
Brainard scesero di corsa armati di fucili a pompa e fecero
irruzione. Tarpin rimase di guardia all'esterno.

A velocità normale giunse anche la Peugeot del commissario Bourdet, che accese una sigaretta osservando le facciate
dei palazzi circostanti.

– Tira fuori i lacrimogeni e stai pronto a spararli nella finestra del primo stronzo che inizia a fare casino, – disse. –
Qui si rischia la rivolta.

Fece il suo ingresso nel negozio con un sorriso soddisfatto
stampato sulle labbra. – Buongiorno, belle signore, – esordí,
inchinandosi al gruppetto di donne sbattute faccia al muro,
alcune con bigodini in testa e mèche interrotte a metà. Alicia,
la proprietaria, una venezuelana di circa trent'anni, era distesa a terra con lo scarpone di Brainard piantato nella schiena.

– Che cazzo volete? Mi spaventate la clientela.

Il commissario si chinò verso di lei. – Pare che ci sia un
sacco di droga in questo paradiso della messa in piega.

– Vi state sbagliando...

– Oh, no. Pedro, il fratellino di Ramón, mi ha detto che
è nascosta nel retro, in un sottofondo ricavato nell'armadio
delle scope, – disse a voce alta perché tutte sentissero, mettendo fine alla carriera di spacciatore del ragazzino.

La proprietaria iniziò a gridare e a dimenarsi. – Io non ne
sapevo nulla, – si difese. – Serafín, un tirapiedi di Ramón,

viene qui qualche volta e mi chiede di andare in bagno. Lo dirò al giudice. Non voglio finire in galera per colpa di quegli stronzi.

Delpech uscí dal retro agitando un sacchetto. – Saranno almeno tre chili –. Che significava che erano quattro ma uno finiva nella riserva della squadra.

– E per te saranno almeno dieci anni, – sibilò B.B. alla parrucchiera.

– Non ci provare a mettermi in mezzo, brutta puttana, – gridò disperata.

Brainard spostò il piede dalla schiena alla faccia, consigliandole di tacere se voleva conservare i denti.

Il commissario chiamò Félix Barret, un collega dell'Ocrtis, l'Office Central pour la Répression du Trafic Illicite des Stupéfiants. – Ho un bel pacchetto pronto da ritirare e altri arresti che ti faranno finire sulla prima pagina della «Marseillaise», – annunciò.

Il patto era questo: B.B. e i suoi uomini indagavano e smantellavano le bande di narcotrafficanti, ma le scartoffie e i meriti andavano ad altri. Era meglio per tutti che non entrassero in contatto con i giudici e non finissero sul banco dei testimoni. Erano impresentabili, e anche un avvocato d'ufficio avrebbe potuto farli a pezzi scavando nel passato di ognuno di loro. B.B. aveva voluto affrontare alcuni pezzi grossi della città noti come «la cricca Bremond», insistendo su un'indagine per corruzione e appropriazione indebita di denaro pubblico per trentacinque milioni di euro riciclati in una banca di Ginevra, e ne era uscita con le ossa rotte e la carriera finita.

Nel frattempo Marsiglia, la città degli eccessi, era diventata incontrollabile. Quella che la stampa chiamava apertamente «guerra dei territori» veniva combattuta a raffiche di kalashnikov da bande di giovanissimi comandati da vecchi *caïds* che spesso finivano ammazzati per strada. Anche un bambino di undici anni ci aveva rimesso la pelle durante una spedizione punitiva della Tunisian Connection a Clos de la Rose, sempre nel Tredicesimo.

I capi della polizia, pressati dal governo e dall'opinione pubblica, avevano deciso di reprimere il fenomeno con fermezza, e l'Ocrtis aveva offerto a B.B. il comando di una squadra che si occupasse delle bande di *narcos* che provenivano dal Centro e dal Sudamerica. Non erano mai state particolarmente attive a Marsiglia, limitandosi a vendere coca e marijuana a terzi, ma ora gli assetti geografici del crimine stavano mutando e i vari cartelli avevano deciso di mettere radici in Europa. Il commissario Bourdet aveva avuto carta bianca e l'ordine preciso di fare piazza pulita. Aveva raccattato tre ispettori sull'orlo del baratro professionale per uso di stupefacenti, gioco d'azzardo, alcolismo. Tre bravi poliziotti destinati a essere mandati al macero dalla burocrazia. Li aveva rimessi in piedi e aveva iniziato a operare usando metodi poco ortodossi ma decisamente efficaci. Aveva stretto un patto col boss della mala corso-marsigliese Armand Grisoni, che controllava buona parte dei traffici della città e aveva a sua volta buoni rapporti con il crimine organizzato maghrebino. Tutti avevano convenienza nell'impedire l'espandersi dei *latinos* e procuravano informazioni preziose alla squadra che, in cambio, non indagava sulla coca che arrivava dalla Colombia.

B.B. era convinta di difendere la città. Corsi e nordafricani ormai ne facevano parte da troppo tempo ed era impossibile debellarli. Si potevano però limitare i danni chiudendo le porte di Marsiglia a tutti gli altri.

Nella polizia era considerata un fantasma e una leggenda. Ai piani alti la lasciavano fare perché i risultati erano eccellenti e avrebbero potuto liberarsi di lei al primo passo falso senza la minima conseguenza. Ignoravano che B.B. non aveva rinunciato al sogno di fottere i potenti che l'avevano rovinata. Non passava giorno senza raccogliere un indizio, una piccola e apparentemente insignificante notizia. Spesso la notte si alzava e prendeva un voluminoso fascicolo che, ormai, occupava quasi tutto lo spazio della cassaforte a muro e iniziava a sfogliarlo dalla prima pagina. Un giorno o l'altro sarebbe arrivata la resa dei conti e si sarebbe trovata un'altra volta sola ad affrontare il vero marciume che insozzava la sua bella città. Ma i suoi uomini non l'avrebbero abbandonata. Fedeli e riconoscenti, l'avrebbero seguita ovunque.

A quel tempo aveva raccolto prove sufficienti per avviare un'inchiesta dall'esito inequivocabile sul piano processuale. Ma non sapeva che il giudice a cui aveva consegnato il fascicolo era salito da un pezzo sul carro dell'onorevole Bremond. Per insabbiare la faccenda usarono la stampa e la disciplinare. B.B. non era esattamente lo sbirro da mettere in prima fila alle parate, e quando ebbero finito la sua credibilità era nulla.

Il commissario non attese l'arrivo degli agenti della narcotici e salí sulla sua vecchia auto. Un'ora piú tardi era seduta su una poltrona di un elegante ufficio arredato in modo molto femminile. Attraverso un enorme finto specchio si poteva osservare una grande sala che in quel momento era deserta, ma alla sera si sarebbe riempita di puttane e clienti.

– Hai qualcosa per me? – chiese a Xixi, la tenutaria cambogiana del bordello piú esclusivo di Marsiglia.

Quarant'anni molto ben portati, indossava un sobrio tailleur di alta sartoria e scarpe con tacchi bassi. Sembrava una dirigente d'azienda e non un'affermata maîtresse.

Xixi prese un Dvd da un cassetto. – Sono venuti in gruppo, come al solito.

– Con chi hanno festeggiato questa volta?

– Con un paio di politici di basso livello.

B.B. infilò il Dvd nella borsa, poi si alzò e girò intorno alla scrivania. Accarezzò il volto della cambogiana. – Sei sempre la piú bella, – sussurrò.

Xixi si schermí abbassando lo sguardo. – Vanessa è libera. È nella stanza dei gigli.

– Voglio te.

– Ma io non sono nel listino.

– Lo so. Ma io sono la legge.

– Io la legge la pago ogni mese.

– Insomma non vuoi proprio trastullarti con questa poliziotta?

– Vanessa è piú bella e piú brava.

B.B. tornò a sedersi. – Comunque sei la piú bella di tutte, Xixi.

La maîtresse prese il telefono. – Riceverai una signora tra una decina di minuti.

– E perché non subito?

– Ti devo parlare di una certa faccenda, – rispose. – Delicata, molto delicata...

– Forza Xixi, ho voglia di scopare.

– È scomparsa Babiche, una delle nostre ragazze.

La poliziotta si irrigidí.

– Racconta.

– Pare che i romeni se la siano ripresa. Era fuggita da Lione e si era presentata qui raccontando una storia molto diversa. Era bella e ci sapeva fare, cosí non ho indagato troppo.

– E i romeni come l'hanno ritrovata?

Xixi afferrò un telecomando e accese il lettore Dvd. Le telecamere della sala erano in grado di riprendere ogni dettaglio. La cambogiana mostrò un uomo calvo con una giacca di pelle che si voltava di scatto al passaggio di una ragazza a braccetto di un cliente. Una frazione di secondo dopo, la ragazza affondava il viso nella spalla dell'uomo come se volesse nascondersi.

– Due giorni dopo non si è presentata e la casa è stata svuotata.

– Capisco che non hai denunciato il rapimento alla polizia, ma questo bordello è protetto da Armand Grisoni.

– È stato lui a dirmi di parlarne con te.

B.B. si versò due dita di cognac. Armand era un grande figlio di puttana. Sapeva che era il genere di crimini che le faceva montare il sangue alla testa e lui ne aveva voluto approfittare.

– Chi è quel tizio? – domandò. – Si vede di spalle e non mi sembra di conoscerlo.

– È venuto qui solo un paio di volte ma diverse persone lo hanno riconosciuto. Si chiama Gogu Blaga, gestisce un giro di ragazze che lavorano in appartamento.

Il commissario Bourdet accese un'altra sigaretta. Non aveva piú voglia di fare sesso. – Mi hai rovinato la giornata, Xixi.

– Vedrai che Vanessa ti farà tornare il buonumore.

– Non credo proprio. Non vedo l'ora di andare in centrale a spulciare gli archivi per vedere cosa abbiamo su questo gentiluomo, – disse alzandosi. La cambogiana era stata stronza perché poteva benissimo parlargliene «dopo».

– Di' ad Armand che me ne occuperò ma se ritrovo Babiche e sistemo i conti con il romeno, tu sarai ben felice di venire a letto con me.

Xixi sorrise imbarazzata. – Ma non è il caso...

– Diglielo! – sibilò. Poi uscí sbattendo la porta. In realtà era con Blaga che ce l'aveva. Era sempre stata convinta che gli schiavisti andassero puniti con il massimo della pena prevista dal codice Bourdet.

Garrincha bussò alla porta dell'appartamento di Ramón. Venne ad aprire una giovane donna con in braccio una bambina. «Vent'anni, carina, un po' sovrappeso», valutò il paraguaiano che andò a sedersi sulla poltrona preferita del padrone di casa.

– Tu devi essere Rosario, – disse Esteban. – E la bimba, invece, Pilar, giusto?

– E tu chi cazzo sei? – domandò la donna.

– Juan, – rispose. Aprí il giubbotto e mostrò una delle collane prese a Ramón. – Sono quello che ha rotto il culo al tuo uomo.

– E con quale coraggio ti presenti qui?

– Ramón e la sua banda rimarranno in galera per un bel pezzo. Tu e la bambina avete bisogno di qualcuno che si prenda cura di voi, altrimenti ti ritroverai sulla strada a lavorare per gli arabi.

– Balle.

– Mi sono informato. Sei sola. Zero amici, zero parenti vicini.

Rosario rimase in silenzio a fissarlo. A Garrincha sembrava di sentire il rumore del suo cervellino che si sforzava di pensare.

– Ramón era buono con noi. Non alzava mai le mani e non ci faceva mancare nulla…

– Cazzate, comunque fai quello che dico e avrai lo stesso trattamento. Rimetterò in piedi la banda e tu sarai la first lady.

– Fino a quando non ti troverai una puttanella piú bella e piú giovane…

– Lo eri anche tu quando hai agganciato quel fesso di Ramón… Ora vai a mettere a letto la bambina e poi torna subito qui.

– Ehi, cos'è questa fretta? Non abbiamo finito di parlare.

– E invece sí. Truccati e mettiti un bel vestito. Merito un benvenuto con i fiocchi, non credi?

Rosario se la prese comoda, ma quando riapparve, il suo nuovo convivente decise che era valsa la pena attendere. Il vestito succinto metteva in risalto le forme, e il rossetto color sangue spiccava sulla pelle ambrata. Garrincha era già nudo. Allargò le gambe.

– Fammi vedere cosa sai fare.

Dopo una decina di minuti Esteban si convinse che non era un granché. Ramón era proprio un coglione. Si era messo con una che non sapeva scopare. E ci aveva fatto pure una figlia. Mentre si muoveva dentro di lei pensò che doveva sostituirla al piú presto.

In quel momento Pedro si aggirava tra i palazzoni tentando di trovare il modo di rientrare in casa senza essere visto. Tutto ciò che possedeva era in quel monolocale del cazzo. Non sapeva cosa fare. La sua vita non valeva piú nulla e chiunque nel Tredicesimo era autorizzato a prenderlo a calci. Doveva fuggire ma non sapeva dove. La poliziotta aprendo quella boccaccia di merda lo aveva escluso da ogni futuro possibile. Era pieno di rabbia e come sempre con una gran confusione nella testa.

Arrivò di fronte all'appartamento del tossico che quel gran cornuto che aveva rapinato suo fratello aveva spedito all'ospedale. E poi gli aveva pure violentato la donna. Che ora doveva essere sola. Sola. Ripensò a Garrincha che pompava come un mantice dentro di lei e l'erezione crebbe fino a diventare dolorosa. Bussò. La tossica aprí e lo riconobbe. Tentò di richiudere ma Pedro fu svelto, una spallata e si ritrovò all'interno. Non aveva visto il lungo coltello da cucina che la donna impugnava nella mano sinistra. Se ne accorse solo nel momento in cui glielo infilò nella pancia.

Era ancora vivo quando la tizia tornò in compagnia di altre tre donne. Lo afferrarono e lo trascinarono fino all'ascensore. Si spalancarono le porte al pianoterra, altre mani lo trasportarono all'esterno. Un'indagine per omicidio avrebbe danneggiato gli affari e il quieto vivere dell'intero caseggiato. Morí qualche ora piú tardi con la guancia appoggiata a un vecchio copertone. Pedro, l'infame. Pedro il ragazzino. Non aveva mai avuto speranze di diventare adulto dal giorno in cui i genitori erano tornati in Venezuela e lo avevano affidato a Ramón.

Aleksandr Peskov si tolse scarpe e cravatta e si distese sul divano. Juliette Fabre aveva fatto un ottimo lavoro e la casa era lussuosamente confortevole. Ogni dettaglio era stato curato con gusto e competenza. Certo il conto era stato un po' salato, ma tanto i soldi li aveva cacciati la sua vecchia Organizatsya. Afferrò il telecomando e sul grande televisore al plasma iniziarono a scorrere le immagini di un notiziario in lingua russa. Peskov annusò l'aria.

– Il tuo profumo è inconfondibile, Ulita.

Una risatina annunciò l'entrata in scena del tenente Vinogradova, che indossava null'altro che una camicia di Zosim aperta sul davanti.

– Sono l'ufficiale donna piú raffinato dell'intero Fsb. Il generale Vorilov non perde occasione di ripeterlo. Sarebbe stupido deluderlo con una marca dozzinale.

La donna avvicinò la bocca all'orecchio di Aleksandr e lo mordicchiò. Gli strappò un'impercettibile smorfia. – Ci sono novità sul mio immaturo decesso? – domandò Peskov nella speranza che lei lo lasciasse in pace.

– Nulla di nuovo. I media hanno smesso di occuparsi della strage al centro sportivo e le indagini si sono già arenate. Dopo il trattamento al fosforo bianco sono rimaste

solo ossa calcinate e le identificazioni certe sono state po-
chissime. Giusto il vecchio Vitaly è stato sepolto con tutti
gli onori riservati a un *pakhan*. Ma non parliamo di morti.
Ora pensa solo a dimostrare un po' di riconoscenza a questa
povera donna pazza d'amore, – disse insinuando la lingua
tra le labbra di Peskov.

Il russo si svegliò indolenzito poco dopo l'alba. Scoprí di
essere ancora disteso sul divano. Si trascinò in camera da
letto. Era vuota e il letto era intonso. Cercò Ulita nel resto
della casa. Era già uscita ma non da molto. Il bricco del caffè era caldo. Il suo profumo aleggiava come se si trovasse
ancora seduta al tavolo. Il tenente Vinogradova stava diventando un incubo in una situazione delicata e pericolosa.

Perquisí il grande appartamento alla ricerca di indizi utili
per capire quali fossero le reali intenzioni dell'Fsb ma non
trovò nulla, eccetto uno spazzolino di marca francese.

Si ficcò sotto la doccia con la consapevolezza che non
poteva continuare a essere all'oscuro del suo reale coinvolgimento nelle trame dei servizi federali. Doveva trovare il
modo di convincere Ulita a metterlo al corrente. Forse doveva cercare di rafforzare la loro relazione. Il solo pensiero
gli fece venire il voltastomaco. E poi la Vinogradova non era
la donna giusta per quel tipo di strategia. Al posto del cuore
aveva un medagliere.

Il tenente si trovava già da un po' nel quartiere di Saint-
Barnabé. Tranquillo, residenziale, non lontano dal centro,
era diventato di moda, le ristrutturazioni non si contavano
e gli affari delle agenzie immobiliari erano cresciuti nonostante la crisi. La Vinogradova ne consultò piú di una. Cercava una villetta con un piccolo giardino e un ampio garage.
Capelli raccolti in una coda, finti occhiali da vista, jeans e

scarpe da ginnastica di marca, e uno spiccato accento inglese. Si presentò come la moglie di un direttore marketing che era stato trasferito nella sede di Marsiglia.

La quarta visita fu quella giusta. Duecento metri quadri su due piani, circondati da trecento di prato all'inglese. Disse all'impiegata che l'accompagnava che non le interessava ma era l'esatto contrario. Presto la villetta sarebbe stata acquistata e sarebbe diventata una sede operativa dei servizi federali. Il quartiere non era stato scelto a caso. L'obiettivo della missione ordinata dal generale Vorilov si trovava a poco piú di un chilometro di distanza dalla villetta. Camminando piano e attenta a ogni particolare, Ulita si avviò a individuare i luoghi piú adatti per gli appostamenti.

Fu fortunata. Una brasserie aveva un'ampia visuale sulle due vetrine dell'agenzia matrimoniale «Irina – Matrimoni, convivenze e amicizie con donne russe, romene e bielorusse».

Gli affari non dovevano andare benissimo dato che fino all'ora di pranzo non entrò un solo cliente. Un'anonima coppia sui trentacinque anni chiuse la porta a chiave e si diresse verso un vicino ristorante greco. Ulita li seguí e riuscí a sedersi abbastanza vicino per seguire le loro conversazioni. Per evitare sospetti parlò a voce alta con il cameriere mentre ordinava in inglese.

I due chiacchierarono in romeno ma lui rispose in ucraino a una telefonata. Dalla lettura dei fascicoli, la Vinogradova sapeva che parlavano correntemente anche il russo come buona parte degli abitanti della minuscola, autoproclamata e non riconosciuta Repubblica Moldava di Transnistria, nata nel 1990 con la benedizione dell'Unione Sovietica che stava già cadendo a pezzi. Gorbačëv però, per non lasciare incustodito il piú grande deposito di armi e munizioni d'Europa, aveva «fraternamente» e saggiamente evitato di ritirare la Quattordicesima divisione dalla capitale Tiraspol.

Gli indipendentisti moldavi avevano espresso la loro contrarietà in modo piuttosto vivace, e l'artiglieria della nuova Russia aveva spianato la città di Tighina nel '92. Ora l'Armata rossa vigilava in veste di *peacekeeper*, ma l'unico interesse rimaneva controllare i depositi e le fabbriche, che erano state riunite sotto il marchio Sheriff dal governo fantasma e dalla mafia russa. Il paese era stato trasformato in un supermarket a cui si rifornivano criminali e terroristi di tutto il mondo. Gli accordi prevedevano che i russi chiudessero entrambi gli occhi sul fiorente contrabbando di droga, petrolio e sigarette. Inezie in confronto alla pericolosità del traffico d'armi.

L'uomo e la donna erano moldavi di nota fede indipendentista. Lui si chiamava Dan Ghilascu ma nell'ambiente era noto come Zub, lei, invece, non aveva soprannomi, si chiamava Natalia Balàn ed era la piú pericolosa. Era stata sua l'idea dell'agenzia matrimoniale come copertura per vendere i migliori prodotti dell'artigianato transnistriano. E quando l'Fsb aveva scoperto che volevano mettere radici in Francia, il generale Vorilov aveva facilmente intuito che non si trattava di commercio ma di attività ostili contro la patria, che andavano intercettate e colpite. E senza informare il governo aveva deciso di rafforzare la rete informativa e operativa a Marsiglia, concentrando tutte le risorse possibili. Anche quelle economiche. Per questo era stata cambiata la destinazione dell'ex mafioso Zosim Kataev. Ai tempi della Guerra fredda i fondi destinati allo spionaggio erano illimitati, ora bisognava procurarseli a tutti i costi. Anche sporcandosi le mani con personaggi discutibili.

Ulita tornò a piazzarsi al tavolino della brasserie, preparandosi a una lunga attesa. A metà pomeriggio, appena calato il sole, terminò di leggere il romanzo in inglese che aveva usato come scusa per occupare il tavolino. Aveva continuato a consumare e a depositare mance generose, e i camerieri l'avevano lasciata in pace.

Ordinò una birra e un sandwich. Mentre addentava un pezzo di baguette, vide una donna sui trentacinque anni arrivare a passo spedito e infilarsi nell'agenzia. Sembrava avesse una fretta maledetta di trovare marito. Portava un cappello di lana e il bavero del cappotto alzato. Il tenente Vinogradova aveva scorto solo alcuni insignificanti particolari del volto. Poco dopo si avvicinò un maghrebino sui cinquant'anni. Rallentò appena davanti alla porta ma non si fermò. Raggiunse un furgone parcheggiato poco lontano, ci girò intorno, poi tornò indietro a passo piú sicuro ed entrò. Ulita non ebbe piú dubbi. Quel tipo si era tolto lo sfizio di verificare che il posto non fosse controllato.

Lasciò il panino a metà e si piazzò all'angolo con una traversa, recitando la parte di quella che aspetta qualcuno che è in ritardo. Una ventina di minuti piú tardi la donna e il maghrebino uscirono insieme e si incamminarono nella sua direzione. Lei, due passi dietro, in segno di rispetto. Avrebbe potuto tentare di seguirli ma da sola l'avrebbero individuata in poco tempo. Decise di andare loro incontro, passo svelto e testa bassa che avrebbe sollevato di scatto all'ultimo momento per guardarli bene in faccia. Quando incrociò lo sguardo della donna, per un attimo le mancò il respiro e dovette sforzarsi di girare la testa per squadrare anche lui.

Il maghrebino le era sconosciuto. Lo aveva osservato abbastanza bene da tentare un riconoscimento fotografico, ma per la tizia non era necessario. Si allontanò di un centinaio di metri, si assicurò di non essere stata seguita e chiamò Vorilov.

– Generale, Mairam Nazirova è qui a Marsiglia.

L'ufficiale superiore si complimentò calorosamente ma non si dilungò come avrebbe desiderato il tenente. Impartí le disposizioni necessarie. Poi riattaccò.

Ulita non stava nella pelle. Avrebbe voluto gridare a tutta Marsiglia che aveva appena individuato una pericolosa terrorista cecena. Una delle ultime superstiti del gruppo delle «vedove». Tornò a casa di Peskov. Non lo avrebbe messo al corrente, ovviamente, ma lo avrebbe invitato a cena e poi si sarebbe goduta una notte di sesso. Era uno dei vantaggi del ruolo di reclutatrice. Si potevano scegliere i soggetti piú adatti e piú piacenti.

L'ex mafioso non c'era. La casa era desolatamente deserta. Si dovette rassegnare a visionare al computer le centinaia di foto di jihādisti maghrebini che Vorilov aveva provveduto a farle inviare.

La delusione di non poter avere il suo giocattolo a disposizione fece posto a una nuova dose di felicità, soddisfazione e orgoglio quando riconobbe in Mounir Danine il cinquantenne che aveva visto in compagnia della Nazirova. Era un terrorista marocchino, leader di un gruppo combattente salafita.

La notizia fu accolta a Mosca con entusiasmo. – Forse, a operazione conclusa, sarò onorato di rivolgermi a lei col grado di capitano, – si accomiatò Vorilov.

Esteban Garrincha guardava la televisione seduto sulla poltrona. Stavano trasmettendo una telenovela messicana di cui non si era perso una puntata, e lui cercava di capire qualche parola di francese.

Sentí bussare. Pensò che da quelle parti non c'era un solo campanello che funzionasse. Prese una pistola dal tavolino e la nascose dietro la schiena. L'altra la lasciò in bella vista.

– È aperto.

Entrarono tre ragazzi fra i sedici e i diciotto anni. L'ultimo era enorme e aveva l'aria di uno un po' ritardato. Gli altri due erano magri e svegli. Il primo era un po' basso e disse di chiamarsi José.

– Si dice in giro che vuoi mettere in piedi una nuova banda, – esordí in spagnolo.

– Che altro si dice?

– Che sei uno con due coglioni grandi cosí.

– Qualcuno di voi parla e scrive 'sto cazzo di francese in maniera decente?

– Io. La mia matrigna è francese, – rispose l'altro.

– Come ti chiami?

– Pablo.

– Bene, Pablo. Sei il mio vice. Dovrai starmi attaccato al culo come una zecca.

Pablo indicò il gigante. – Lui è Cerdolito. Picchia come un fabbro. Non ha paura di nulla.

– E parla?

– Certo che parlo, – rispose con una voce strana, quasi metallica.

– Avete armi?

– Un paio di pistole a testa. E una doppietta con le canne mozzate.

«Meglio di niente», pensò Garrincha. Si alzò e strinse loro la mano con solennità. – Voi siete l'avanguardia del mio esercito. Il Tredicesimo sarà nostro.

Liquidò la sua nuova banda in fretta per non perdere il finale della telenovela. Con quei ragazzi al suo fianco sarebbe morto nel giro di un paio di giorni. Per fortuna c'era la poliziotta che vegliava su di lui. Aveva fatto bene ad accendere quella decina di candele nella cattedrale di San Biagio a Ciudad del Este prima di fottere Freddie Lau.

Quella stessa notte il commissario Bourdet lo caricò in macchina e lo portò a fare un giro.

– Ho una nuova banda ma mi servono coca e maria per rendermi credibile e far muovere i miei ragazzi, – disse «Juan».

– D'accordo. Abbiamo una certa scorta, ma dopo dovrai arrangiarti e trovare i tuoi canali per procurarti la roba. Tutto bene a casa?

– In che senso?

B.B. sghignazzò. – Rosario ha un amante. È un messicano che si chiama Xavier Bermudez e bazzica *El Zócalo*, un locale dove servono *tortillas* e cocaina. Secondo me ha cominciato a scoparsi Rosario per avere informazioni su Ramón e ora su di te.

Garrincha rimuginò sulla notizia con aria seccata. – E quando s'incontrano?

– Porta la bambina al nido e poi va a *El Zócalo* dove si fa scopare in cucina.

– Vorrei tanto prenderli a calci in culo. Ma magari lei non è d'accordo, madame.

– A Rosario non torcerai un capello altrimenti dovrai vedertela con me, ma con il messicano devi solo avere un po' di pazienza. Ti impadronirai del suo giro e lui farà la fine di Ramón, ma prima sarà necessario farselo amico.

– E come?

– Diventerà il tuo fornitore.

Bourdet accostò la Peugeot vicino a una stazione di taxi. – Domani sera andrai a fare visita a una banda di romeni che controlla un palazzone nella zona est del Tredicesimo. Il loro capo, Gogu Blaga, ha organizzato una bella festa per pochi intimi in onore di un suo cugino appena uscito di galera.

– Cosa devo fare esattamente?

B.B. non rispose. Si limitò a fissarlo con uno sguardo privo di espressione.

Garrincha annuí. – Non capisco una cosa, e sono certo, madame, che lei potrà spiegarmela… I romeni non contano un cazzo, sarebbe meglio prendere a calci in culo gli arabi. Per esempio, quell'Ahmed che controlla quasi tutto il quartiere è pericoloso e i suoi uomini mi guardano con disprezzo. Se avessi la sua autorizzazione a tirare qualche raffica di proiettili, potrei colpire duro e non sospetterebbero mai di noi... – Stai lontano dalla guerra dei territori, – ordinò la poliziotta. – Non dureresti un giorno e io non potrei proteggerti. Tu fai quello che ti dico e col tempo diventerai il boss dei *latinos*... sempre se impari a parlare decentemente il francese e smetti di vestirti come un immigrato appena sbarcato dalla bananiera.

Garrincha uscí dall'auto senza dire una parola. Non era affatto vero che fosse mal vestito. Certo non era elegante e alla moda come a Ciudad del Este, ma lí aveva altre disponibilità economiche e un sacco di negozianti che non vedevano l'ora di servire il vice di Carlos Maidana. Scacciò la nostalgia con una certa fatica.

Quando tornò a casa, Rosario gli raccontò che Pedro era stato ammazzato. Il paraguaiano non se l'aspettava. – Chi è stato?

– La tossica che ti sei scopato. Non è che ti sei beccato qualche malattia e il tuo uccello è infetto?

Le disse di andare a dormire con la bambina. La ragazza non riuscí a nascondere il sollievo. Esteban si chiese come doveva comportarsi un capo in quel tipo di situazioni. Era vero che Pedro nella merda ce l'aveva ficcato lui, ma era anche vero che si trattava di un sudamericano, e i negri dovevano imparare che i *latinos* non si toccavano. Chiamò Pablo.

La negra era dispiaciuta per il ragazzino. Non riusciva a toglierselo dalla mente ed era andata in giro a mendicare un po' di eroina. L'unica amica che l'aveva aiutata a dimenticare quanto schifosa era la sua vita. Era strafatta quando i tre ragazzi penetrarono nel suo appartamento e la gettarono dalla finestra.

Garrincha e i suoi si nascosero al tramonto, poco dopo le
17, sul tetto del palazzo dove viveva Blaga. Quattro ore piú
tardi scesero le scale fino al quinto piano, acquattandosi dietro
la porta che dava sulle scale antincendio. Dall'appartamento
422 si udivano musica e risate. Dall'ascensore uscí un tizio
sui trentacinque anni, calvo, che indossava un vestito visto-
so, camicia aperta sul petto, gioielli e tatuaggi. «Juan» lo riconobbe. Era Gogu Blaga in persona. Era avvinghiato a una
ragazza, tacchi vertiginosi, gambe lunghe, calze rosse velate.
Cerdolito deglutí forte per esprimere il proprio apprezzamen-
to. I due ridevano e si sussurravano frasi all'orecchio. Si fermarono a baciarsi in mezzo al corridoio. Garrincha si calò il
passamontagna, subito imitato dagli altri, e si lanciò verso la
coppia con un coltello nella destra e una pistola nella sinistra.
L'uomo lo vide arrivare con la coda dell'occhio e spinse via la
ragazza cercando di raggiungere la porta dell'appartamento,
ma il paraguaiano affondò la lama nella spalla e spinse verso
il basso. Il tizio si voltò urlando e con tale violenza che il coltello sfuggí di mano a Garrincha, che fu costretto a sparargli
in pieno petto. Nell'appartamento calò il silenzio e subito
dopo si affacciarono sulla porta alcuni uomini armati. Vestiti a festa, il volto accaldato per il cibo e i balli. E la pistola in
mano. Il piú anziano, un tizio basso e robusto sui sessant'anni, si fece largo e uscí fuori. Puntò il dito contro Garrincha.
    – Fammi sentire la tua voce cosí potrò ritrovarti e scan-
narti, – gridò in francese con un forte accento romeno.
    La banda dei latino-americani si preparò ad aprire il fuoco
quando, correndo, una donna sbucò fuori dall'appartamento
e si gettò sul cadavere.
    – Gogu, figlio mio!
    La madre si trovava nel bel mezzo della linea di tiro, e al-
lora l'anziano romeno fece segno di non sparare. Aveva già

perso un figlio, vedere morire anche la moglie sarebbe stato troppo.

«Juan» fece segno ai suoi di arretrare verso le scale. Bloccarono le porte infilando una sbarra d'acciaio nelle maniglie e si precipitarono giú quasi volando sui gradini che li dividevano dalla salvezza.

B.B. e i suoi uomini erano appostati poco lontano. Avevano udito lo sparo e le grida, ma non erano intervenuti per evitare l'imbarazzo di trovarsi faccia a faccia con Garrincha e la sua banda.

Appena li videro uscire, gli ispettori armati di fucili a pompa schizzarono fuori e sparirono nell'atrio. Il commissario si sistemò il cappottino verde chiaro e si incamminò con tutta calma. Se non fosse stato per la pistola che impugnava con grande disinvoltura, chiunque l'avrebbe scambiata per una tranquilla signora di mezza età.

Quando raggiunse il quinto piano con l'ascensore, e vide la madre e il padre di Blaga piangere sul suo cadavere, capí che il suo informatore le aveva passato una notizia sbagliata. Non si trattava di un festino con puttane ma di una riunione di famiglia. Gogu era morto e un obiettivo era stato raggiunto. Ma quello piú importante, liberare Babiche, era fallito miseramente.

– Chiama quelli della Bac, – ordinò a Brainard che insieme agli altri due teneva d'occhio la situazione, ma non sapeva bene come muoversi. Poi puntò dritta al padre. – Gogu Blaga era tuo figlio?

– Sí, – rispose cercando di staccare la moglie dal corpo.

– Ti devo parlare.

– Dopo. Ora non ho tempo.

– Ti consiglio di ascoltarmi, altrimenti ordinerò tanti di quegli accertamenti medico-legali che vi restituiranno il cadavere tra sei mesi.

L'uomo le rivolse uno sguardo carico d'odio. Poi si alzò e fece cenno di seguirlo nell'appartamento.

– Sto cercando una ragazza che si chiama Babiche e che tuo figlio ha rapito e che ora batte in qualche appartamento, – andò dritta al punto la poliziotta.

L'uomo fece per replicare ma lei glielo impedí.

– Zitto. Non ho voglia di sapere quanto bravo era Gogu e altre cazzate del genere. Voglio Babiche ora. Altrimenti mi porto via tua moglie e l'accuso dell'omicidio. Scommetto che le uniche impronte sul cadavere sono quelle della tua signora.

– Non puoi fare questo, – ringhiò l'altro.

– Sí. E farò in modo che finisca in cella di sicurezza con tossiche e puttane e mi raccomanderò che le facciano un trattamento speciale. Uscirà con la lingua consumata a forza di aver leccato.

– È innocente. Lo sai.

– E tu sai che posso tenerla dentro novantasei ore prima che un avvocato riesca a tirarla fuori.

L'uomo stava per perdere la testa. La poliziotta glielo impedí puntandogli la pistola in faccia. – Stai calmo, stronzo, stai calmo.

Il romeno respirò a fondo. – Va bene. Fammi fare una telefonata.

Si fece prestare il cellulare da uno dei parenti e si allontanò di qualche metro per non essere ascoltato. La conversazione durò meno di un minuto.

– Tra un'ora troverai la ragazza all'angolo tra boulevard Bon-Secours e rue de la Carrière.

B.B. se ne andò seguita dai suoi uomini. All'esterno incontrarono un gruppo della Bac che si stava infilando i giubbotti antiproiettile.

– Non servono, – avvertí il commissario.

– Quanti morti abbiamo? – chiese un veterano del Tredicesimo. – Brainard, hai parlato di un solo romeno steso. – Pare si chiamasse Gogu Blaga, – rispose l'ispettore. – Una coltellata alla schiena e una pallottola nel petto. Gli altri stanno bene.

– C'era una festa in corso ed erano piuttosto alticci, – intervenne B.B. – Forse è volata una parola di troppo e la faccenda è degenerata.

La Bourdet si congedò. Anche dai suoi uomini. E andò a prendere la ragazza. Era già lí ad aspettare quando arrivò. Era in condizioni pietose e si reggeva a stento in piedi. Il commissario l'aiutò a salire in macchina e l'accompagnò in una clinica privata dove le dovevano piú di un favore.

Poi chiamò Xixi. – Babiche è al sicuro e Gogu Blaga, purtroppo, non è piú tra noi, – annunciò. – Hai riferito il mio messaggio ad Armand?

– Sí.

– E cosa ha detto?

– Che se non ho voglia di venire a letto con te non sono obbligata.

– E tu ne hai voglia?

– No, B.B.

– E perché?

– Sei brutta. Non mi piaci.

Bernadette Bourdet scoppiò a ridere e riattaccò soddisfatta. Armand e Xixi erano due persone perbene. Il mondo non era poi cosí male. Salí in auto e girò per le zone delle puttane. Ne caricò una che conosceva i suoi gusti e la portò in un motel. Dopo il sesso, la puttana l'avvolse in un abbraccio, le sussurrò: – Dormi, Bernadette, – e non la lasciò fino al mattino. Era per tenere segreto quel tenero gesto d'affetto che B.B. pagava tariffa doppia.

Tre

Aleksandr Peskov entrò in un palazzo dove si affittavano eleganti uffici a giornata. A quell'ora erano quasi tutti deserti. Portava un cappellino da baseball e abbassò la testa quando passò sotto la telecamera dell'atrio. L'ascensore lo portò fino al terzo piano e la folta moquette attutí i suoi passi fino alla porta contrassegnata dalla sigla L3. Fu Sunil Banerjee ad aprire. Il tempo di entrare e si abbracciarono forte. Arrivò di corsa un altro che lo strappò dalle braccia dell'indiano e gli stampò due baci sulle guance.

– Cazzone di un mafioso russo, – sussurrò commosso il tizio, riccioluto e dalla pelle olivastra.

– Giuseppe, cazzone di un camorrista, – ribatté il russo.

In silenzio, rigida per l'emozione, Inez osservava la scena dal fondo del corridoio. Dopo tre lunghi anni di separazione si ritrovavano tutti e quattro insieme. Quell'incontro doveva avvenire a Zurigo dove tutto sarebbe stato piú facile, ma ormai che erano di nuovo insieme nulla sembrava impossibile.

Aleksandr si avviò verso di lei, si tolse il cappello e la baciò sulla fronte. Rimasero abbracciati a lungo.

– Hai visto che pezzo di fica è diventata la nostra Inez? – chiese Giuseppe Cruciani.

Inez gli tirò un pugno sulla spalla. – Non cambierai mai, tu.

Sunil stappò una bottiglia di champagne. Il tavolo della sala riunioni era riccamente imbandito per almeno il triplo dei presenti.

– Ho pensato che la riunione non sarebbe stata breve e siamo tutti ragazzi con un certo appetito, – scherzò Banerjee. Inez alzò il calice. – Un brindisi ai cattivi ragazzi di Leeds. Giuseppe ricordò il motto: – I piú cattivi. Noi siamo quelli che ammazzano i genitori per andare alla gita degli orfani. Poi scoppiarono a ridere. Come un tempo quando si incontravano al *Dromos*, il loro pub preferito dove avevano trascorso ore a chiacchierare, a conoscersi e poi a confidarsi con una tale sincerità che, alla fine, si erano scoperti cosí simili da scegliere di giocarsi il destino in un'unica partita.

Sunil diede un buffetto al russo.

– Be', io mi accontento di derubare sistematicamente il mio vecchio che pensa ancora di vivere sotto l'impero di sua maestà, ma tu hai un po' esagerato, amico mio, hai fatto fuori l'intera Organizatsya.

– Ed è stata una vera gioia liberarmi di tutti quegli stronzi, – sbottò Aleksandr. – Li ho dovuti sopportare per anni, loro e quelle tradizioni mafiose del cazzo, i tatuaggi, i loro discorsi da trogloditi.

– E tu come hai fatto a liberarti della tua ingombrante famiglia? – chiese Sunil a Giuseppe. – Non ho mai ben capito la dinamica diabolica che ti ha portato a diventare un imprenditore nel settore della chirurgia estetica.

– Sono scappato con la cassa, – rispose quello con un forte accento napoletano. – Ma prima mi sono messo d'accordo con la legge e ho fornito nomi e prove. Li hanno arrestati ma hanno detto che era stato un altro a parlare e a fottersi i soldi. Mi è costato un millioncino tondo tondo ma almeno nessuno mi sta dando la caccia.

– E quanti sbirri e giudici hai dovuto corrompere, mio caro signor Cruciani? – chiese ancora l'indiano.

Il napoletano alzò le spalle. – Ha pensato a tutto il mio avvocato. Io ero solo una mezza calzetta, invece quello che hanno accusato di aver fatto la spia era uno tosto. E c'è pure scappata una guerra tra cosche.

Inez sospirò. – Beati... Io, invece, me ne devo stare buona e zitta e attenta a non far insospettire papà, fratelli e zii.

– Ci mancherebbe altro, – intervenne Giuseppe. – Sei la nostra banca. Senza di te saremmo fottuti.

– Un briciolo di riconoscenza dovremmo però averlo per le nostre odiate famiglie, – suggerí il russo. – In fondo ci hanno mandato a Leeds ed è stata la nostra fortuna. Lí abbiamo capito che potevamo essere migliori di loro senza far parte del loro mondo.

– Perché eravamo i migliori, Zosim, – sottolineò Sunil.

– Ti ricordi cosa disse il preside di Economia?

Risposero in coro: – È stato un onore avervi qui con noi, ragazzi.

Continuarono a bere champagne e a ingozzarsi di tartine, ridendo e scherzando fino a quando Inez tirò fuori una cartellina da un'elegante borsa in pelle. – Adesso passiamo agli affari. Ho un aereo domani mattina presto. Alle nove devo essere in banca.

– Svizzeri schiavisti, – scherzò l'indiano accendendo il suo tablet. – Allora, Aleksandr, illustraci la situazione.

– Il generale Vorilov non ha mai avuto intenzione di portare a termine l'operazione Zurigo, che prevedeva, come ben sapete, la costituzione di una struttura economico-finanziaria per far affluire in modo costante denaro nelle casse dell'Fsb, – raccontò Peskov. – Vogliono che la metta in piedi qui a Marsiglia, dove hanno evidenti interessi geostrategici di cui però ignoro i dettagli.

– Tanto lavoro sprecato, – sbuffò l'italiano. – E poi Zurigo era molto piú sicura dal punto di vista delle coperture.

– È proprio questo il problema, – riprese il russo. – L'Fsb mi ha ordinato di infiltrarmi negli ambienti finanziari, imprenditoriali e politici. Da un lato vogliono mettere radici in modo stabile, dall'altro allargare la loro rete di collaboratori e informatori nei giri chc contano con i soliti metodi: corruzione, ricatti, sesso...

– A proposito, – lo interruppe Banerjee. – Come sta la «tigre del materasso», la cara Ulita?

Peskov non riuscí a trattenersi dal lanciare un'occhiata a Inez. – È in città.

– Non vorrei essere nei tuoi panni, – commentò Giuseppe.

– Avete la capacità di concentrazione di un'ameba, – sbuffò la ragazza stizzita. Poi si morse il labbro. – Scusate, ma sono cosí preoccupata e voi scherzate sempre. Sembra chc non prendiate nulla sul serio. Ma qui non siamo piú all'università.

– Questo è il nostro stile, lo sai, – obiettò Sunil. – Non essere pesante.

Inez gli mostrò il dito medio. – Continua, – disse a Peskov.

– In poche parole, il progetto dell'Fsb è quello di inserirsi nei meccanismi del sistema affaristico europeo piú rodati ma anche piú sensibili agli scandali e alle indagini di polizia e magistratura.

– E tu sei pronto a essere sacrificato in qualsiasi momento, – ragionò il napoletano.

– Esatto. In caso di problemi possono resuscitare il mafioso Zosim Kataev e darmi in pasto ai leoni di turno senza compromettersi.

– Dovremo trovare il modo di fottere anche i servizi e sganciarci da Marsiglia, – aggiunse Giuseppe.

– Non sarà facile ma ci proveremo al momento giusto, – sospirò il russo guardando Sunil. Era il piú brillante di tutti nell'elaborare strategie. L'indiano lo fissò a sua volta e annuí serio. Toccava a lui.

– Per prima cosa dovremo usare una delle società off shore che abbiamo aperto a Gibilterra per dare una veste ufficiale alla tua presenza a Marsiglia. Una sorta di scatola vuota, credibile sul piano economico e progettuale, che l'Fsb possa agevolmente usare per i suoi scopi.

– Hai in mente qualcosa di preciso?

Le dita affusolate toccarono lo schermo del tablet. – Il tasso di crescita del traffico internet in Africa è altissimo e i cavi sottomarini di fibre ottiche sono uno dei business migliori a Marsiglia, non solo per la posizione strategica ma anche per il basso costo dell'energia elettrica. Se troviamo le persone giuste al posto giusto possiamo agevolmente entrare nella partita.

Inez agitò un foglio. – Ho individuato diversi nomi interessanti negli elenchi dei correntisti della banca che possono fare al caso nostro.

– Ce ne parlerai tra un attimo, – la interruppe il russo, che non voleva perdere il filo del ragionamento di Banerjee. – Farò credere all'Fsb che il denaro dell'affare del legname di Černobyl′ che non finisce direttamente nelle loro casse verrà investito nei cavi sottomarini, invece lo sarà solo in piccola parte. La piú consistente verrà dirottata in imprese ben piú remunerative…

– Alcune legali come il mercato immobiliare, – intervenne Sunil. – Dalle chiacchiere che ho raccolto, Marsiglia oggi è in mano agli immobiliaristi e la crisi non ha rallentato le speculazioni. E altre illegali come il traffico di rifiuti, di cui, onestamente, posso vantare una certa esperienza. Attraverso il mio fido comandante Van Leuween possiamo smaltire in mare sostanze chimiche anche in grosse quantità e per clienti che necessitano di una continuità di rapporto. E poi non disdegnerei in prospettiva il recentissimo affare albanese.

– Non ne ho mai sentito parlare, – disse il russo.

– L'Albania ha deciso di aprire le porte ai rifiuti. Diventerà l'immondezzaio europeo, in particolare italiano. Verranno destinate le scorie meno pregiate perché le plastiche e i componenti elettronici vengono saccheggiati alla fonte dai cinesi che hanno bisogno di materie prime, ma noi possiamo organizzare la raccolta e i trasporti e offrire a imprenditori albanesi la possibilità di trovare un posto nel mercato. Peskov si alzò e si versò dello champagne. Non beveva quasi mai ma in quel momento ne sentiva il bisogno. – È un piano geniale, Sunil, – si complimentò. – Ma presuppone che ci leghiamo mani e piedi con ambienti poco affidabili, avidi e spesso poco attenti alle elementari norme di sicurezza. Non credo si possa sperare che non accadano incidenti di percorso, e soprattutto non abbiamo nessun piano alternativo che ci metta al riparo da ogni eventualità.

Banerjee allargò le braccia. – In realtà è l'Fsb che ci obbliga ad avere relazioni con questi giri e dovremo stare al loro gioco. Per quanto riguarda il piano B, in realtà ne abbiamo due. Il primo sono i giochi di prestigio con la finanza internazionale della nostra Inez, che stornerà denaro dai conti per brevissimi periodi per farlo fruttare sulla base di informazioni tanto sicure quanto illegali. Il secondo è la clinica di Giuseppe.

– Espianto di organi, – chiarí l'italiano. – Noi forniamo pezzi di ricambio a quei clienti che non hanno voglia di viaggiare all'estero e affidarsi a strutture ospedaliere sconosciute e di dubbie capacità. Ho l'aggancio con una clinica di Milano interessata all'affare ma possiamo allargare il giro, è provato che oltre il dieci per cento dei trapianti è illegale e la richiesta aumenta continuamente.

– E questi «pezzi di ricambio», che provenienza avranno? – chiese Inez.

– India, – rispose Sunil. – Ho dovuto chiudere la mia piccola clinica ad Alang che riforniva il mercato di Mumbai, ma è rimasta intatta la rete di raccolta dei soggetti.

– Donatori totali, – chiarí Giuseppe.

– Un modo come un altro per rendersi utili all'umanità, – commentò la ragazza annunciando una pausa per un caffè.

– Avremo bisogno di tempo per mettere in piedi queste attività. Almeno un anno per renderle operative, – riprese il russo. – Nel frattempo Vorilov vorrà vedere dei risultati.

– La sede è già pronta, l'impianto societario anche. L'affare dei cavi sottomarini può già partire, – disse Banerjee. – Mancano solo i contatti locali.

– Come ho detto prima, credo di aver trovato i personaggi giusti, – disse Inez sbirciando gli appunti. – La stampa l'ha definita «la cricca Bremond», dal nome del capobanda, l'onorevole Pierrick Bremond, eletto al parlamento della Repubblica. Ne fanno parte monsieur Fabrice Rampal, direttore generale della banca Crédit Provençal, monsieur Thierry Vidal, proprietario e fondatore della Immobilière Haxo, il notaio Jean-Pascal Teisseire, il costruttore Gilles Matheron e il figlio, Édouard.

– Perché la stampa li accusa di essere una banda? – chiese Giuseppe.

– Perché gestiscono un sistema politico-mafioso con ramificazioni nella criminalità organizzata. Sono finiti sotto inchiesta per essersi intascati trentacinque milioni di euro di denaro pubblico e per un'altra decina di reati tra cui riciclaggio e corruzione, ma se la sono cavata alla grande e sono ancora al loro posto.

– E perché questi signori dovrebbero fare affari con noi? – chiese il russo.

– Perché salvarsi dalla galera è costato una montagna di soldi e i loro conti sono in rosso.

– Potrebbero fare al caso nostro, studierò il dossier, – disse Peskov.

Continuarono a discutere i dettagli per un altro paio d'ore, poi iniziarono a lambiccarsi il cervello alla ricerca del piano perfetto per fottere l'Fsb. Si ritrovarono in un vicolo cieco. Decisero di sciogliere la riunione.

– Andate avanti, – disse Sunil a Inez e al russo. – Giuseppe e io ci beviamo ancora un bicchiere. Dobbiamo chiarire un paio di cose sulla clinica.

Richiudendo la porta, l'indiano si rivolse all'ex camorrista. – Ma tu hai mai capito perché tengono segreta la loro relazione anche con noi che siamo i loro amici piú cari? – chiese in tono un po' offeso.

– Non te la prendere. Uno è russo e l'altra è svizzera, un'accoppiata piú complicata non si poteva trovare. E poi Inez è una grande fica, ma siamo sicuri che scopa come dio comanda? Perché, come tutti sanno, le elvetiche sono algide.

– Algide? Parli come mia madre, Giuseppe, – sbottò. – E poi non dire stupidaggini! La verità è che tutti e tre siamo stati sempre innamorati di Inez ma il vecchio Zosim è stato piú veloce.

Nel frattempo la coppia aveva cominciato a baciarsi in ascensore e ora stava cercando un angolo adatto a una sveltina nel garage sotterraneo.

– Sei stato con una donna, – lo accusò Ulita. – Sento il suo profumo.

– Una turista che ho trovato al bar di un hotel.

– Era brava?

– Passabile.

– Ma ora sei spompato e inutile.

– Eh, già. Me ne vado di corsa a letto.

– Non credo proprio. Dobbiamo parlare di lavoro.

– Adesso?

– Lo sai che decido io quando, come, dove…

– Agli ordini, tenente Vinogradova.

– Smettila di essere cosí servile e ascolta con attenzione, – sibilò passandogli alcuni fogli di appunti. – Domani acquisterai a nome di una delle tue società di copertura questa villetta nel quartiere di Saint-Barnabé. Mi serve in fretta.

Peskov lesse la scheda fornita dall'agenzia. – Non mi sembra un grande affare, – commentò in tono dubbioso per saggiare la reazione della donna.

– Questo immobile non fa parte dei tuoi maneggi di soldi, – sbottò infastidita, confermando ad Aleksandr il sospetto che si trattasse di una base operativa. Poi Ulita distese la planimetria della sede della società e segnò tre stanze in fondo al corridoio. – Qui non ci devi mettere piede. Né tu né nessun altro. Inventati qualcosa.

– Non sarà un problema.

La matita cerchiò anche la postazione della segretaria all'entrata. – La scelgo io, – annunciò. – Giusto per non trovarmi una cretina, capace solo a succhiare cazzi sotto le scrivanie.

– Peccato, avrei potuto arredare il mio ufficio come lo studio ovale.

– Mi servono anche un furgone e una macchina.

– Preferenze di marca, colore, eccetera?

– No, basta che siano usati e in buone condizioni.

Peskov andò in cucina a bere un bicchiere d'acqua. Ulita lo seguí. – Come si chiama la società di copertura?

– Dromos.

– Ora mi chiamo Ida Zhudrick, professione interprete. Non scordarlo.

Peskov dormí poco e male. Incontrare i suoi amici, la sua donna, pianificare il futuro lo aveva turbato ed eccitato. Aveva bisogno di sfogarsi e andò in una palestra che aveva adocchiato nelle vicinanze. Partí piano, poi accelerò. Sfidò il tapis

roulant e gli tenne testa. Un istruttore si avvicinò preoccupato e premette il tasto off. – Tutto bene?

– Mi piace correre veloce.

– Lo vedo, – borbottò rimettendo in moto l'attrezzo. – Ma
a questa andatura se perde il passo rischia di farsi male. Ho
visto piú di qualcuno sbattere il naso.

Il russo scoppiò a ridere. – Mi creda, è l'ultimo dei miei
problemi, – ribatté aumentando la velocità. Ripensò a quando
si allenava con Sunil e imparava ad apprezzare la sua amicizia e la sua incredibile capacità di analisi, comprensione dei
meccanismi economici e dell'animo umano, quasi facessero
parte del medesimo universo. Era stato l'indiano a unire il
gruppo come se ne avesse scelto appositamente i membri.
È sempre lui aveva reso possibile la confidenza che era sca-
turita nel sogno di fottere tutti coloro che li avevano fottuti fin da quando erano nati. Sunil era capace di convincerti
cazzeggiando che il piú pazzesco dei piani era realizzabile.
Dagli altri studenti e dai docenti erano considerati quattro
ricchi scchioni snob. Invece erano solo quattro ragazzi che
vagavano sperduti in un destino già segnato che non avevano
scelto e tantomeno voluto. Poi avevano trovato la forza di
ribellarsi e qualcosa di indefinibile ma necessario si era im-
padronito delle loro menti e dei loro cuori. E allora non era
stato cosí terribile fingere di farsi adescare dalla bella Ulita
e ingannare l'Fsb. Poi era stato fregato a sua volta, ma non
era cosí tragico. Tutto si poteva sopportare.

Aleksandr correva e pensava alla battuta di Inez su quegli sconosciuti che sarebbero stati privati dei loro organi per
farli piú ricchi. «Un modo come un altro per rendersi utili
all'umanità». Stupenda. Semplicemente stupenda. E profon-
da. In quelle poche parole era racchiusa la verità sul mondo
intero. Ma anche lei era stata toccata dal genio di Sunil Banerjee. Quando l'aveva conosciuta era goffa e schiacciata dal

peso della sua famiglia di banchieri. E anche Giuseppe era diverso. Era un italiano spaccone e simpatico, terrorizzato dall'idea di essere costretto a combattere le guerre della sua famiglia. «Sono destinato a diventare un coglione come tutti i camorristi», ripeteva quando aveva bevuto troppo.

E Zosim? Era un ragazzo cresciuto con zio Didim fino a quando non lo avevano rinchiuso a Ekaterinburg e vi era morto ammazzato di botte dalle guardie per difendere l'onore della Brigata. Il giovane Zosim aveva un padre, una madre e due sorelle, ma dall'età di cinque anni gli era stato vietato di vederli e lui era diventato proprietà di Vitaly Zaytsev. La ragione di quell'infinita crudeltà l'aveva scoperta anni dopo, quando lo zio si era deciso a rivelargli che suo padre doveva morire per aver derubato l'Organizatsya, ma lui era riuscito a commutare la pena. Zosim avrebbe voluto che suo padre fosse morto e gli avesse lasciato in eredità il dolore del lutto. Ma era stato un vigliacco. E Didim un uomo di una stupidità senza pari. Quando gli comunicarono il suo decesso, si infilò una tuta e un paio di scarpette e andò a correre fino allo sfinimento per impedirsi di ballare dalla gioia.

Poi aveva incontrato Sunil Banerjee e tutto era cambiato. L'indiano aveva un senso epico dell'esistenza e ora li stava guidando in un'avventura senza precedenti. Se tutto fosse andato per il meglio, lui sarebbe stato finalmente libero. Nessuno avrebbe preso più decisioni sulla sua vita. E forse Inez lo avrebbe seguito. Ma non era detto. Ricordava il figlio di un noto mafioso di Hong Kong teneramente innamorato della sua Biyu, ma l'avrebbe abbandonata il giorno del suo ritorno a casa perché il padre non concepiva unioni che non fossero utili al rafforzamento della Triade. Il fatto era che certi argomenti lui e Inez non li avevano mai affrontati. Rallentò fino a fermarsi. Nella situazione in cui si trovava, arrivare a scoprire le scelte di Inez sarebbe stato comunque un risultato.

Una doccia, una colazione veloce e poi dritto a Saint-Barnabé, sotto una fredda pioggia autunnale, a obbedire agli ordini del tenente Vinogradova. Giusto per non alimentare sospetti finse di trattare sul prezzo della villetta, poi allungò sottobanco cinquecento euro all'impiegata dell'agenzia per sveltire le pratiche. Per i mezzi fu piú semplice. La concessionaria era praticamente deserta e il proprietario aveva urgenza di incassare per tenere a bada i creditori. Fu un affare per entrambi.

El Zócalo era un tipico bar-ristorante messicano, arredamento, abiti del personale, cucina, birra, musica, tutto rigorosamente autentico. La clientela era varia e di medio livello. Garrincha notò con piacere che non c'erano tossici, spacciatori e puttane. La copertura era buona. E poi si mangiava bene. Sarebbe stato il luogo ideale per la sua seconda vita sotto il nome di Juan Santucho. Eh, già. Quel locale avrebbe cambiato proprietà e gestione in breve tempo.

Fece un gesto a una cameriera. – Sto cercando Xavier Bermudez.

La ragazza ignorò le sue parole ma dopo qualche minuto un uomo si sedette al suo tavolo. Magro, non molto alto, trentacinque anni, baffi e capelli raccolti in un codino. Vestiva come se fosse appena uscito di casa a Tijuana. Stivali, jeans, cravattino di cuoio e uno Stetson in paglia ben calcato sulla testa.

– Sei venuto a farmi una scenata di gelosia? – chiese in tono tranquillo.

– Per Rosario sarebbe tempo sprecato. Ho bisogno di roba, coca e mota, – rispose usando il termine gergale messicano per indicare la marijuana.

– Ramón non si riforniva da noi.

– Ramón è il passato, io sono il presente e il futuro.

– Pagamento alla consegna e vendita fuori dalla mia zona.
– D'accordo. Ora che siamo in affari ti dispiace smettere di scoparti la mia donna?
– Non c'è problema. Ci andavo a letto e le facevo dei regali solo per avere informazioni sulle mosse di Ramón e ora su di te.
– Non ce ne sarà piú bisogno. Io non sono un fesso come il venezuelano.
– Mi sembra evidente. E poi Rosario non è una gran scopata. Non c'è verso di insegnarle a succhiare un cazzo come si deve.

Garrincha si irrigidí. Conosceva bene il linguaggio della criminalità. Il messicano lo stava sfottendo. Finse di stare al gioco. – Hai proprio ragione. E ormai a vent'anni è tardi.

Si accordarono sulla prima consegna. Bermudez si alzò e gli porse la mano. – La cena è offerta.

Esteban uscí. La brezza che soffiava da nordovest era meno gelida della morsa che gli strizzava lo stomaco. Aveva avuto già a che fare con i *narcos* messicani e conosceva la loro arroganza. Solo che Bermudez aveva esagerato e avrebbe continuato a farlo perché pensava di poterselo permettere. Il loro rapporto d'affari era partito male e sarebbe terminato nel modo peggiore. Garrincha ne era certo. Xavier Bermudez era un uomo che pensava di averlo piú lungo di tutti, ma questo errore non incideva sulla sua professionalità. L'appuntamento era stato fissato all'interno di un grande supermarket. Il messicano si presentò vestito in modo per nulla appariscente. In mano teneva una lista di prodotti da acquistare che fingeva di scegliere con cura prima di infilarli nel carrello. Nel frattempo si guardava attorno per escludere la presenza di sbirri o altri pericoli. Garrincha lo affiancò in un angolo dove le telecamere non ficcavano il naso perché privo di oggetti da rubare, e i carrelli cambiarono di mano. Come d'accordo, il paraguaiano si diresse verso la cassa numero 6. La cassiera, una signora di mezza età complice di Bermudez, gli fece pagare la cocaina: 1,39 euro al chilo. Un vero affare.

Qualche ora piú tardi Pablo e José spacciavano nella zona che era stata di Ramón. Si avvicinarono dei tredicenni peruviani abbigliati dalla testa ai piedi con capi hip hop, che iniziarono a rognare.

– Questa è zona nostra. Dovete andarvene, – disse il piú grandicello.

José alzò il giubbotto e mostrò la pistola. – Volete lavorare per noi?

Alcuni accettarono subito. Solo quello che aveva parlato se ne andò. Garrincha aveva osservato la scena a bordo della Volvo usata per rapire Pedro e che non aveva ancora abbandonato come gli era stato ordinato. Accese il motore e lo seguí.

Sul sedile di fianco, Cerdolito cercava di darsi arie da gangster osservando in cagnesco la realtà che lo circondava.

– Perché stiamo dietro a quella mezzasega?

– Magari ci porta dai suoi capi.

– Li conosco. Fanno parte dei Comando, si vestono tutti come frocetti perché sono tutti frocetti e ascoltano Koxie. Hai presente *Garçon Gare aux cons...*

– No, non ho presente, – rispose paziente Esteban.

Il gigante si zittí. Juan gli faceva paura. Aveva un modo di parlare e di guardare identico a quello di suo padre, che era uno che menava di brutto.

Il peruviano non guardò indietro una sola volta e li condusse in un bar dove ciondolavano tossici dalle dipendenze piú diverse, controllate da diciottenni abbigliati anch'essi alla moda hip hop.

– Ecco i Comando, – bofonchiò Cerdolito.

– E chi comanda i Comando?

Un dito grosso some una salsiccia indicò un tizio un po' piú grande e robusto che sfoggiava oro come una santa in una processione. Garrincha sfigurava con i monili sottratti a Ramón, ma quelli del peruviano erano decisamente falsi.

– Dughi. Si chiama cosí, – lo informò Cerdolito.

– Seguimi, – disse Garrincha, aprendo la portiera.

Puntò dritto verso il capo che, per precauzione, mise la mano sotto il giubbotto. Il paraguaiano alzò le proprie in segno di pace.

– Sono Juan Santucho.

– Lo immaginavo.

– Abbiamo ricominciato a lavorare nella zona di Ramón. Dovete sloggiare o lavorare per noi.

– Ramón è in galera e non sta scritto da nessuna parte che è tua di diritto.

– Quindi devo ammazzare qualcuno per riprendermela?

L'altro lo guardò come se fosse un marziano. – Basta pagare, amigo.

– E quanto?

– Cinquemila a settimana.

Esteban finse di riflettere sulla proposta. – Ci sto.

– Per forza che ci stai, – sghignazzò Dughi. – I Comando vi avrebbero fatto a pezzettini.

Questo batteva perfino Bermudez nella gara del piú coglione. Ma era piú giovane e inesperto. Lo salutò con il rispetto riservato a un vero boss e fece ritorno alla macchina.

Scaricò Cerdolito a dare man forte agli altri due e chiamò il commissario Bourdet. – I Comando stanno spacciando alla grande e usano come base un bar che si chiama *El Caracolito*. Non è che può mandare i suoi uomini a fare un'irruzione...

B.B. la sapeva piú lunga di lui. – C'è qualcuno in particolare che devo far prelevare?

– Un tizio che si fa chiamare Dughi.
– Lo conosco. È una mezza cicca.
– Lo so. Ma le cose con lui si sono messe in modo tale che sono costretto ad ammazzarlo per non perdere la faccia.

La poliziotta riattaccò.

Il tempo di arrivare dalla centrale e la monovolume si fermò davanti alla porta del bar. Brainard e Tarpin entrarono armati dei soliti fucili a pompa. Delpech si fiondò all'inseguimento di Dughi che terminò dopo qualche decina di metri. L'ispettore finse di colpirlo forte.

– Che cazzo succede? – chiese il peruviano spaventato.
– Ho parlato con il commissario giusto due giorni fa.
– Ti dobbiamo portare dentro, Dughi. Ti farai un paio di mesi.
– Ma perché?
– Hai cagato fuori dal pitale.

Garrincha fece ritorno nella sua zona e la esplorò palmo a palmo, presentandosi a chiunque potesse avere vagamente l'aria del possibile cliente. Ai negozianti chiese quanto pagavano di pizzo a Ramón. Finse di mostrarsi sdegnato e applicò le convenienti tariffe di Ciudad del Este. Cazzo, se era cara Marsiglia.

Andò a festeggiare con la banda, e quando scoprí che vivevano insieme in quello che era stato l'appartamento della nonna di José, chiese di visitare la caserma delle sue truppe.

In mano loro una casa dignitosa si era trasformata in una latrina. Quando Pablo accese la luce, un'orda di scarafaggi si avviò in tutta tranquillità verso le tane.

– È il problema di Marsiglia, – spiegò il suo vice. – Ce ne sono dappertutto.
– Ordino la ritirata, – scherzò il paraguaiano. – Andiamo in un bar.

Anche quella notte spedí Rosario nel letto della bambina.
– Non è normale, – protestò la ragazza, sospettosa. – Sono la tua donna.
«Juan» le rivolse un sorriso stanco e le chiuse la porta della camera in faccia.

Garrincha aveva preso l'abitudine di salire in macchina e cambiare quartiere. Gli piaceva passeggiare e il Tredicesimo era il posto meno adatto. Brutto e pericoloso. Quella mattina buttò l'occhio nella vetrina di un negozio d'abbigliamento e notò una ragazza sui venticinque anni che stava infilando un maglione a un manichino. Capelli biondi corti, indossava una canottiera senza maniche per mettere in mostra il braccio destro, completamente tatuato con figure di insetti. Le labbra carnose erano messe in risalto da un rossetto rosso fuoco, le gambe da una gonna molto corta e da tacchi altissimi. Il paraguaiano diede un'occhiata piú approfondita alla bottega. Era di basso livello, e i capi vistosi e di pessimo gusto. Lei era bella, però. E lui ora era Juan Santucho, uno che poteva permettersi di corteggiare tutte le donne di Marsiglia.
La commessa lo accolse con un sorriso. – Ciao, come posso esserti utile?
– Stavo passando e ho visto qualcosa di carino in vetrina, e dato che mi hanno detto che vesto male e ho bisogno di un nuovo look perché sto diventando un uomo di successo, mi è sembrata una buona idea entrare. Certo non pensavo di trovare una ragazza cosí bella.
La ragazza lo squadrò per bene. – Questo negozio vende capi per falliti e stronzi di periferia di tutte le taglie, se sei davvero un uomo di successo devi andare altrove.
– Non credo che tu faccia molti affari se parli male del tuo negozio.

– Non è mio. Io sono solo la commessa pagata poco e con la lettera di licenziamento già firmata. Con la crisi che c'è, chi vuoi che si compri 'sta roba?

Garrincha ne approfittò per guardarle le gambe e le tette. – Quindi sei vestita cosí per essere in sintonia con «l'ambiente».

– E sono i capi piú belli, credimi.

– Quindi se ti pagassi per curare il mio nuovo look, tu potresti farci anche un pensierino.

– Se tu avessi veramente dei soldi, oltre a quell'oro che ti porti addosso, potrei anche fare questo sforzo.

Esteban tirò fuori dalla tasca un rotolo di banconote.

– Sono ben fornito, ragazzina. Te l'ho detto che sono un uomo di successo.

– Di cosa ti occupi, giusto per sapere?

Garrincha allungò la mano e passò l'indice sulle sue narici arrossate. – Spaccio coca, ma di sicuro non è quella che ti sei sniffata ieri notte, perché la mia non è tagliata con schifezze che irritano in questo modo.

– Sei un tipo interessante, *hombre*.

– Mi chiamo Juan. E tu?

– Bruna.

Indicò il braccio tatuato. – Scusa, Bruna, ma ho una domanda sulla punta della lingua da quando sono entrato. Tutti quegli insetti vanno da qualche parte?

La ragazza alzò la canottiera e abbassò di un centimetro la gonna. Uno scorpione si infilava nell'elastico delle mutandine.

– Anche tu sei un tipo interessante, – commentò visibilmente colpito. – Allora, vuoi che ti assuma come stylist?

– Se ne può parlare.

– Ora. Ti infili il cappotto e cambi vita.

– Sono certa che una sniffata mi aiuterebbe a decidere piú in fretta.

Garrincha non ne faceva uso ma portava sempre un po' di campionario per i nuovi clienti e per fare colpo sulle ragazze. Le mise in mano un paio di dosi. – Incipriati il naso, bellezza.

La mattina seguente si svegliò con un pesante mal di testa. Quel cazzo di cognac francese. Bruna era nuda e dormiva placida sulla pancia. Quando si mosse leggermente gli sembrò che le farfalle tatuate sulle natiche spiccassero il volo. Scoprí che toccandole in un certo modo piegavano le ali. Dopo un po' lei si svegliò e senza dire una parola si voltò e glielo prese in bocca. Esteban apprezzò la premura.

Fecero colazione al bar e poi la ragazza lo portò da un parrucchiere di sua conoscenza che gli fece un taglio «aggressivo ma di classe». Poi giacche, pantaloni, camicie e scarpe. Bruna se ne intendeva e conosceva un sacco di gente che si occupava di moda e sniffava coca. Gli procurò una decina di nuovi clienti entro l'ora di pranzo.

Garrincha la presentò alla banda ed ebbe la conferma che era la donna giusta per un boss del suo livello. Aveva un'innata autorevolezza anche se si comportava come una ragazza della sua età. L'unico difetto, che inevitabilmente avrebbe causato la loro separazione, era che le piaceva troppo la coca e sarebbe andata fuori di testa. Ma al momento era perfetta. Quello che non mancava a Marsiglia erano le belle donne: quando il cervello della nuova first lady fosse andato in pappa, si sarebbe guardato intorno.

Decise di presentarla a Rosario. – Alla fine l'hai trovata la troia piú giovane. Devo farmi le valigie? – domandò furiosa.

Garrincha l'abbracciò con fare affettuoso. – Si chiama Bruna ed è la mia esperta di look, oltre che la mia insegnante personale di francese. Non ti sei accorta come è migliorata la mia pronuncia?

Rosario tentò di divincolarsi ma lui non la lasciò andare.

– Che cazzo stai dicendo?

Siediti, Rosario. Ti devo parlare. Anche tu, Bruna, per favore. Il paraguaiano le prese la mano. – Devo riconoscere che con gli uomini hai avuto sfortuna, – attaccò con un tono da telenovela. – Prima quel fesso di Ramón e poi io. Nessuno dei due ti ha capito e tu sei stata costretta a infilarti nel letto di Xavier Bermudez.

Rosario impallidí e cercò di dire qualcosa, ma Esteban le appoggiò delicatamente un dito sulle labbra e continuò il suo discorso. – Purtroppo anche il messicano si è rivelato una fregatura e tu sei rimasta ancora una volta senza amore. Ma io, che provo per te un affetto sincero, ho trovato la soluzione, quella che ti permetterà di avere tutta la passione che desideri e meriti. Andrai a stare con la banda e ti occuperai di José, Pablo e Cerdolito. Passerai da un letto all'altro e nel frattempo terrai in ordine la casa. Quell'appartamento è un vero merdaio.

Rosario era annichilita. Il suo volto una maschera di terrore. Bruna scoppiò a ridere e Garrincha fece fatica a rimanere serio. Rosario si gettò in ginocchio.

– Ti prego, non farmi questo.

Lui le accarezzò amorevolmente i capelli. – Cerdolito!

Il gigante ritardato fece il suo ingresso.

– Aiuta la tua nuova fidanzata a traslocare.

Quattro

All'ora di cena pioveva ancora.

Il russo era stato invitato da Gilles ed Édouard Matheron dopo averli conosciuti nel pomeriggio nella sede della «Constructions Matheron – Père et Fils». La segretaria aveva subito messo le mani avanti sostenendo che entrambi erano molto occupati e sarebbe stata lieta di «tentare» di organizzare un appuntamento nei prossimi giorni. Una trentenne molto carina ed efficiente, Clothilde, secondo la targhetta appuntata sulla camicia. Certamente il frutto di una selezione accurata nella moltitudine di donne in cerca di un lavoro stabile. Peskov era rimasto in silenzio mentre lei osservava con attenzione il suo biglietto da visita, poi le lasciò il tempo di notare l'orologio, che costava quanto un discreto numero dei suoi stipendi, il cappotto, l'abito e le scarpe.

– Pensa davvero che sia una buona idea trattare in questo modo gli investitori stranieri? – le domandò a bruciapelo. – Magari monsieur Gilles non sarà cosí contento di scoprire che ne ha cacciato uno perché si è fatta ingannare dall'apparenza. Sono troppo giovane, vero?

La donna si sistemò gli occhiali sul naso. – Il nostro problema non sono gli investitori ma i giornalisti, e il suo biglietto da visita è di bassa qualità, stampato in una copisteria qualunque.

Peskov appoggiò una mano sul cuore con un gesto plateale. – Sono davvero colpito. Lei è un'osservatrice straordinaria e spero che sarà cosí gentile da fornirmi l'indirizzo del piú raffinato stampatore di Marsiglia... ma le giuro, non sono un giornalista.

Riuscí a strapparle un mezzo sorriso. – Ci stanno tormentando da oltre un anno, – spiegò. – E io sono tenuta a controllare le identità delle persone sconosciute se non voglio perdere il posto.

Il russo prese una penna stilografica dal taschino e vergò una sola riga su un blocco di appunti trovato sulla scrivania. Staccò il foglio e lo piegò con cura. – Lo dia a monsieur Gilles. Vedrà che mi riceverà.

Clothilde si allontanò sculettando con classe. Aleksandr pensò con rammarico che la segretaria che avrebbe accolto i clienti alla Dromos sarebbe stata ben diversa. Spostò l'attenzione sulla sua collega che lo fissava con interesse. Si chiamava Isis. Dai tratti suppose che fosse di origine caraibica. – *Martiniquaise?* – domandò.

– I miei nonni, – rispose lei continuando a guardarlo.

Di qualche anno piú giovane dell'altra, era senz'altro carina e l'interesse nei confronti del russo era esplicito, ma a lui non interessava. Gli piacevano le donne con la carnagione bianca come il latte. Era la prima cosa che aveva apprezzato di Inez.

Un rumore di tacchi annunciò il ritorno della bella Clothilde. – Mi segua, per favore.

Tutto in Gilles Matheron indicava un uomo risoluto, energico, spiccio. Un capobranco. La stazza, il volto pieno, le labbra pronunciate e la maniera di muoversi e di parlare. Strinse la mano del russo e lo invitò ad accomodarsi.

– Lieto di conoscerla, monsieur Peskov, – disse leggendo il nome sul biglietto da visita. – Mi fa piacere scoprire che teniamo i nostri risparmi nella stessa banca svizzera come ha tenuto a farmi sapere. Ma non capisco come potrei esserle utile, la segretaria mi ha detto che si è presentato come investitore e le confesso che mi sento a disagio. Di solito i clienti si comportano in modo diverso.

Aleksandr si guardò attorno. Targhe, foto di cantieri, tagli di nastro con prelati e politici. Nulla di interessante.

– Io ho denaro da investire e lei è un costruttore, – ribatté in tono piatto. – Custodire nella stessa banca svizzera denari sottratti al fisco dei nostri rispettivi paesi mi ha indotto a pensare che forse potevamo esserci utili a vicenda.

Matheron capí al volo. – Quanto utili, monsieur Peskov?

– Molto. E non una sola volta... ci sono le condizioni per un proficuo sodalizio.

– Addirittura?

In quel momento entrò un giovane. Era coetaneo del russo e non era fatto della stessa pasta del padre. Alto, magro, lunghi capelli biondi che scendevano sulle spalle e un musetto delicato e indisponente. Doveva aver preso tutto dalla mamma.

– Monsieur Peskov, le presento mio figlio Édouard.

Stretta da mollusco, sguardo infido. Aleksandr aveva già capito con chi avrebbe fatto affari.

– La invito a cena, – annunciò Gilles. – Cosí potremo parlare con piú calma. Ora, purtroppo, sono occupato. Non mi aspettavo la sua visita.

– Svolga pure la sua indagine sul sottoscritto, – il russo andò dritto al punto. – Lo considero un atto doveroso e professionale. Lei mi piace, monsieur Matheron.

Il ristorante era puro lusso ostentato, come del resto i clienti. Doveva essere il ritrovo obbligato della Marsiglia che contava. Se i camerieri non ti salutavano con deferenza e il sommelier tardava a farsi vedere al tuo tavolo significava che avevi ancora molta strada da fare.

I Matheron avevano il loro angolo con vista mare. Arrivarono con dieci minuti di ritardo che Peskov aveva usato per osservare la fauna locale, sorseggiando acqua minerale. Non capiva quella città, né i suoi abitanti. Il Sud, in generale, era lontano anni luce dal suo modo di pensare. A Zurigo, nella complessità della cultura svizzero-tedesca, si sarebbe trovato a suo agio. Tutto sarebbe stato non facile ma chiaro, comprensibile. Geometrico. Marsiglia era come Giuseppe. Confusa, arzigogolata, accecata dal sole. Nella grande sala tutti bisbigliavano eppure sembrava che urlassero come al mercato del pesce. Gli scambi di occhiate, le smorfie, i sorrisi erano latori di messaggi che lui non avrebbe mai decifrato.

La prima regola che si erano dati, quando avevano deciso di essere una gang, era stata: non entrare nel mondo del crimine se non sei laureato, non parli almeno tre lingue e non hai viaggiato in lungo e in largo per il mondo.

La seconda era: non esercitare pratiche criminali in territori che non conosci a sufficienza. Una regola, questa, che erano stati obbligati a violare, ma era ugualmente sbagliato. Era piú facile che qualcosa andasse storto.

Gilles alla sua destra, Édouard di fronte. I primi cinque minuti volarono via tra le chiacchiere sul cibo e sul vino. Ordinarono una quantità esagerata di portate di pesce e una bottiglia di Côtes-de-Provence per non allontanarsi da Marsiglia. Fu il figlio ad andare al sodo, bruciando il padre sul tempo.

– Monsieur Peskov, lei preferirebbe investire nel settore delle costruzioni o delle ristrutturazioni? Qui da noi sono due mercati ben differenti, – spiegò in tono troppo vissuto per essere vero. – Per esempio, in questo momento stiamo costruendo un nuovo quartiere nella zona est. Edilizia per la classe media. Può comprare quanti appartamenti vuole a un prezzo estremamente favorevole e poi rivenderli alla quotazione di mercato.

Aleksandr spinse da parte il piatto di anemoni di mare in guazzetto e si pulí la bocca con il tovagliolo. Movimenti lenti, misurati. Édouard continuava a blaterare. Il russo alzò la mano per zittirlo. – Classe media? I governi europei stanno saccheggiando i risparmi della classe media, quelle case rimarranno per lo piú invendute –. Poi si rivolse al padre: – È questo il genere di affari che intendete offrirmi? Ne siete sicuri, cari signori delle «Constructions Matheron – Père et Fils»?

– Forse mio figlio è partito con il piede sbagliato…

– Ma lei non lo ha fermato dicendogli: «Caro Édouard, non prendere per il culo questo signore altrimenti se ne va e noi abbiamo tanto bisogno dei suoi soldi».

Gilles sollevò le spalle. – Volevo vedere come avrebbe reagito. Magari era un fesso pieno di soldi con una scarsa conoscenza del mercato immobiliare.

– Ma papà, che figura mi fai fare? – protestò il giovane Matheron. – Quel progetto è mio.

– Ma lui non è il cliente giusto, – ribatté il genitore. – Vai a farti un giro, Édouard. Torno a casa in taxi.

Pallido in volto, il figlio si guardò attorno, valutando quanti avrebbero notato l'abbandono del tavolo al primo assaggio di antipasti. Si alzò di scatto.

– Dovete scusarmi, ma c'è un problema al cantiere e vi devo lasciare, – disse a voce alta a beneficio dei vicini. Salutò con un cenno del capo e filò via.

– Ha un sacco di soldi, monsieur Peskov. Li ha trovati sotto il materasso?

– Diciamo che rappresento un facoltoso gruppo di potere del mio paese.

– Mafia?

– No. Come ben sa, la Russia oggi è governata da diverse cordate economico-politiche. Una di queste è pronta a fare affari con lei.

– Non avete bisogno di me per investire a Marsiglia nel settore immobiliare.

– Ma noi non siamo interessati solo a quello. Peccato che la cricca Bremond sia la solita invenzione dei magistrati e dei giornalisti, perché potrebbe esserci utile.

– Un vero peccato per lei, ma io ho rischiato di andare in galera.

– Per fortuna avevate le tasche foderate di quattrini.

– Noto ancora una volta che lei è molto ben informato.

– Non abbiamo perso il vizio di ficcare il naso.

Matheron affondò il cucchiaio nella *bouillabaisse* appena servita. Ne approfittò per riflettere sulla piega che aveva preso l'incontro. – Non è che ha un microfono addosso?

– No. Ma se vuole possiamo andare alla toilette e palparci con la cauta timidezza del primo appuntamento.

Scosse la testa, infastidito dalla schiettezza del russo. – In via puramente ipotetica, mi piacerebbe sapere qualcosa di piú su questi affari. La cena è ancora lunga e non abbiamo poi tanti argomenti in comune...

Aleksandr gli parlò dell'affare dei cavi sottomarini, del legname sloveno e dei rifiuti. Gilles Matheron non perse una sola parola.

– Forse posso esserle utile a trovare gli ambienti ricettivi per ognuno di questi settori di investimento, – disse. – Certo, il mio aiuto è strettamente rapportato ai miei interessi personali. Maggiore è il guadagno, maggiore sarà il mio impegno nell'aprirvi le porte della città.

– E questo vale anche per i suoi amici?

– Ovviamente. Ma agiremo con cautela. Se lei non corrisponde ai nostri parametri, la cosa finisce qui.

Il tenente Vinogradova attese che l'uomo parcheggiasse nei pressi di Notre-Dame de la Garde e poi lo seguí a piedi, il volto nascosto dall'ombrello. Il tizio si fermò a comprare le sigarette in un bar e ne approfittò per un bicchierino. La russa controllò ancora una volta la presenza di persone sospette ed entrò nel locale. Si appollaiò sullo sgabello di fianco. Lui la guardò e sorrise. Una bella donna sola in un locale valeva sempre un tentativo. Lei ricambiò. – Ciao, Philip, – sussurrò. – Vorilov ti manda i tuoi saluti.

L'uomo si irrigidí e si girò di scatto a scrutare le facce dei presenti.

– Calma, – disse Ulita. – Ho già controllato.

– Non ti ho mai vista, – disse l'uomo.

– Da oggi in poi ci incontreremo spesso, – rispose mantenendo il sorriso. Nella confusione del bar potevano sembrare due sconosciuti che stavano facendo amicizia.

– Pensavo vi foste dimenticati di me.

– Ma i soldi li hai ricevuti regolarmente. Dovevi immaginare che un giorno o l'altro saremmo venuti a farti visita.

Philip era il nome in codice di un informatore dell'Fsb che aveva un canale privilegiato con i servizi francesi, in particolare la Direction Centrale du Reinsegnement Intérieur, che aveva coltivato negli anni lavorando come analista in una rivista di politica internazionale. Il suo vero nome era Nicolas Jadot, viaggiava senza infamia e senza lode verso i sessanta e il volto era reso meno anonimo da candidi baffi, folti e ben curati.

– Sono solo contento di ricominciare a rendermi utile, – ribatté piccato. – Cosa devo fare?

– Passare ai nostri colleghi francesi un'informazione su una cellula marsigliese del Pkk che si occupa di finanziare la lotta armata in Kurdistan, – spiegò la russa.

– La Dcri li sbatterà in galera e il governo si pavoneggerà sui giornali, riacquistando un po' di popolarità, – commentò il giornalista.

«E soprattutto se ne starà occupato per un po'», pensò Ulita mentre si alzava e infilava una chiavetta Usb nella tasca del giubbotto dell'uomo. Avvicinò la bocca al suo orecchio. – A presto, Philip. Lui annuí, mentre le narici si riempivano del profumo della sua nuova agente di collegamento.

La guerra dei territori aveva mietuto un'altra vittima. La ventiquattresima dall'inizio dell'anno. Il cadavere di Lou Duverneil, noto gangster della vecchia guardia, giaceva sotto una pioggia battente in una strada del quartiere Castellane, nel Sesto. Si trovava alla guida della sua auto quando era stato affiancato da una motocicletta con due uomini a bordo. Quello che stava dietro gli aveva sparato due colpi in testa e gli assassini si erano dileguati nel traffico, reso ancora piú caotico dal maltempo.

Il commissario Bourdet conosceva bene il defunto. Sapeva che era legato ad Armand Grisoni da un'antica amicizia nata in carcere e rafforzata negli anni da uno scambio di favori criminali. Le sembrò un dovuto atto di cortesia andare a porgergli le condoglianze nel suo ristorante.

– Ora è occupato, – si affrettò a dire il fido Ange.

B.B. notò che Marie-Cécile non era seduta alla cassa e ghignò maliziosa. – E io che pensavo che fosse disperato per la morte del suo vecchio amico. Magari, fare un po' di ginnastica gli è di grande consolazione. Cosa ne pensi?

– Non lo so, commissario, – mentí senza troppo impegno.

– Ma se non ha già cenato, il cuoco ha preparato capretto al forno, buono come lo faceva mia madre ad Ajaccio.

– Seguirò il tuo consiglio, Ange.

Il luogotenente di Grisoni stava per affidarla alle premure di un cameriere quando la poliziotta gli appoggiò una mano sulla spalla.

– Armand non ha figli, – sussurrò. – È rimasto vcdovo troppo presto e non ha piú voluto risposarsi e riprodurre la stirpe. Ti sei mai chiesto perché? L'uomo scosse la testa. – Commissario, questa sera mi sta facendo domande a cui davvero non so rispondere.

– La domanda te la devi essere posta, Ange, perché sei tu l'erede designato. Armand ti ha cresciuto come se fossi suo figlio.

– Lo chieda a lui.

– No. Lo chiedo a te, perché quando lui non ci sarà piú, le altre bande vorranno spartirsi l'impero e scorrerà del sangue.

– Quando Armand ci avrà lasciati, lei sarà in pensione da un pezzo, commissario, – disse allontanandosi.

B.B. seguí il cameriere con un sorriso soddisfatto. Aveva voluto saggiare la preoccupazione della banda dopo l'omicidio Duverneil e, dato che erano tutti cosí tranquilli, non era poi cosí difficile capire che era stato lo stesso Grisoni a ordinare l'esecuzione. Buttò l'occhio tra i suoi uomini piú giovani cercando di indovinare quali potevano essere i killer, ma il vecchio Armand per quel genere di lavoretti usava manodopera corsa che arrivava col traghetto e ripartiva subito dopo.

Il caïd si fece vedere poco piú tardi. Si sedette al tavolo della poliziotta.

– Fai strani discorsi che mettono in confusione il povero Ange, – disse spezzando il pane.

– Era giusto per capire se eri stato tu a ordinare l'eliminazione del povero Lou.

Grisoni fece un cenno al cameriere che si precipitò a prendere la comanda.

– Il tuo uomo nel Tredicesimo va alla grande.

– Obbedisce agli ordini.

– Ti devo ancora ringraziare per averci riportato Babiche.

– È stato un piacere.

– Anche far eliminare Gogu Blaga, immagino.

B.B. sospirò. – Non fare questi giochetti con me, Armand. Non me ne frega un cazzo del tizio morto oggi. Era un amico tuo, non mio.

– È che a volte sei strana, commissario.

– Lo siamo tutti.

Il vecchio gangster alzò il bicchiere. – Agli «strani», allora.

Mangiarono in silenzio per qualche minuto, poi Grisoni riprese: – È arrivato in città un federale messicano, un pezzo grosso della divisione antidroga di Veracruz.

– Non è passato per i canali ufficiali, altrimenti lo avrei saputo.

– Non credo avesse voglia di incontrare colleghi, – ridacchiò divertito. – È venuto da me per saggiare il terreno. Il loro cartello sta perdendo la guerra e loro stanno cercando tane dove nascondersi per salvare la ghirba.

– Cosa ti ha offerto?

– Una montagna di coca per avere accesso al porto di Fos-sur-Mer e un'altra per potersi stabilire in città, – rispose. – Non hanno intenzione di smerciare a Marsiglia, ma in Italia, per non pestare i piedi a Bermudez che, da quanto mi ha detto, è la testa di ponte del cartello del Golfo.

– Cosa gli hai risposto?

– Apprezzavo il fatto che fosse venuto a chiedere il permesso visto che ormai qui nessuno ha rispetto e tutti si sentono in diritto di venire a cagare nella mia città, ma non ero interessato perché la coca la prendiamo dai colombiani.

– Tutto qui?

– Ho aggiunto che se avesse provato a rivolgersi ad altri e questi avessero trovato interessante l'offerta, avrebbe contribuito a rendere ancora piú incandescente la guerra dei territori.

– Fammi indovinare, – lo interruppe il commissario. – Invece di darti ascolto è andato a parlare con Lou Duverneil e tu lo hai fatto stendere.

– Giusto per dare un segnale chiaro e inequivocabile.

– Presto anche Bermudez servirà da monito.

– Non riusciremo a tenere a lungo lontano i messicani, B.B., e nemmeno gli altri *latinos*.

– Ci stiamo provando con buoni risultati. Se tu e gli altri boss riuscirete a trovare un accordo di pace, ce la possiamo fare.

– Mi piacerebbe essere cosí ottimista, – sospirò Grisoni. – Ma il problema sono le baby gang che stanno reintroducendo l'eroina e gli indipendenti che aumentano a vista d'occhio.

B.B. lo fissò stupita. – Che ti succede, Armand? Ammazzare i vecchi amici ti fa diventare pessimista?

– Non esagerare, commissario.

Alzò gli occhi al cielo. – E anche suscettibile… – Poi divenne seria. – Al di là delle chiacchiere da terza età, Bermudez è diventato un obiettivo prioritario. Vedrai che il mio ometto del Tredicesimo eliminerà il problema.

«Juan Santucho», in realtà, era molto piú avanti del commissario Bourdet, anche se per motivi diversi. Mentre continuava ad allargare la rete dei suoi clienti, si era messo in testa di controllare il messicano perché voleva fotterlo alla grande. Lo aveva insultato, deriso, trattato come un *pinche*, che nel gergo di Bermudez indicava il coglione, tonto e testa di cazzo, e il paraguaiano, per questo, lo avrebbe punito senza pietà.

Aveva spedito Bruna a *El Zócalo* con il compito di tenerlo d'occhio. Nell'esercito e da don Carlos Maidana aveva imparato che, prima di attaccare, bisogna raccogliere tutte le informazioni possibili sul nemico.

L'unica cosa che lo tratteneva dal dedicarsi anima e corpo a riparare il torto subíto era il commissario Bourdet. I loro progetti su Bermudez differivano sul finale. La poliziotta lo voleva rinchiudere alle Baumettes per vent'anni; Garrincha, invece, riteneva doveroso far risparmiare tutto quel denaro ai contribuenti. Avrebbe dovuto inventarsi una balla all'altezza della situazione.

Cinque

Sunil aveva insistito per fissare l'appuntamento di Milano in via Monte Napoleone. – Non c'è nulla di meglio dello shopping per affrontare in modo vincente una riunione d'affari, – aveva detto. – E poi, Giuseppe, vesti troppo sportivo e non possiedi una fabbrica di automobili ma una clinica. Tu, Aleksandr, sembra che ti sia comprato un campionario di Armani.

Il russo e il napoletano avevano tentato di opporsi ma non c'era stato verso, e Inez, anche se non sarebbe stata presente, si era divertita ad appoggiarlo.

Il cielo era sereno, la temperatura non particolarmente rigida e la strada era piena di persone che bighellonavano osservando le vetrine.

I tre amici invece entrarono in una nota sartoria. Sunil pretese un commesso per ognuno e iniziarono a rifarsi il guardaroba.

– Il bordo del pantalone deve essere un po' piú lungo, deve coprire il laccio della scarpa, – disse Peskov.

– Non sono d'accordo, signore, siamo già oltre e rischiamo di rovinarlo, – obiettò il sarto.

– Insisto, – sbuffò il russo.

– Se potessi lo farei anch'io, – borbottò l'uomo esasperato.

Arrivò Banerjee in giacca e mutande, attirato dal piccolo battibecco. – Ha ragione il signore, – sentenziò. – Sono anni che cerco di insegnarti a vestire come si deve e tu conti-

nui a seguire la moda del Cremlino –. Poi la sua attenzione
fu attirata da alcune stoffe e si rivolse al commesso. – Sei
camicie di questa tonalità e altre sei sul rosa. Mi raccoman-
do, solo ed esclusivamente colletto club, con le punte arro-
tondate. Non c'è niente di peggio di un indiano con il tab
o il button down.

– Ha proprio ragione, signore, – disse l'altro in tono servile.
Aleksandr e Giuseppe si scambiarono un'occhiata tratte-
nendo le risate. Sunil fece impazzire i commessi, ma alla fine
uscirono carichi di borse dopo aver speso cifre importanti.

L'indiano li obbligò anche a comprare scarpe e non smise
un attimo di parlare di moda e fare commenti sul culo delle
ragazze. Tornando in hotel, per il dopocena propose un po'
di sano divertimento.

– Conosco un posto dove ci sono delle fanciulle ben di-
sposte ad accettare il nostro denaro e la nostra compagnia,
– annunciò Giuseppe Cruciani.

– Il tuo innato senso dell'ospitalità ti fa onore, – si complimentò l'indiano.

L'idea di finire la serata fra le braccia di una puttana non
era il massimo per Aleksandr. Fare sesso con Ulita iniziava a
essere causa di un turbamento profondo. Con Inez era tutta
un'altra faccenda, ma decise di non coinvolgere gli amici nei
suoi problemi e finse di essere entusiasta. D'altronde si stava
divertendo come non gli capitava da un pezzo.

Durante il pranzo discussero i dettagli dell'affare e si re-
carono all'appuntamento organizzato nell'elegante clinica di
chirurgia estetica di Giuseppe, che si trovava nell'hinterland
milanese.

Trovarono ad attenderli due signori tra i quaranta e i cinquant'anni. Vi furono solo strette di mano frettolose e nessuna presentazione. La garanzia offerta da Giuseppe era piú
che sufficiente.

– Come vi ho già anticipato nei precedenti incontri, la mia clinica è in grado di provvedere all'espianto di organi e di fornirli corredati di documentazione clinica che ne attesta l'idoneità al trapianto, – disse in inglese. Poi indicò l'indiano e il russo. – Questi signori si occuperanno di procurare i donatori.

– Tempi di consegna? – chiese uno dei due.

– Un mese, – rispose Sunil.

– Chi provvederà agli espianti?

– Un'équipe turca di provata esperienza. Arriveranno ogni volta che ce ne sarà bisogno.

– Avete già un'idea dei costi?

Sunil passò una cartellina al piú vicino. – Mi sono permesso di preparare un prospetto.

I due avvicinarono le sedie e bisbigliarono a lungo. Armati di penna, corressero alcune cifre e la cartellina tornò in mano all'indiano, che si consultò con i suoi amici.

– Mi spiace, ma i nostri prezzi non sono trattabili. Sono già ampiamente concorrenziali, – disse Banerjee. – Voi in fondo non rischiate nulla. Gli organi risulteranno provenire da altri ospedali italiani, e ci risulta che siete in grado di contare su una clientela facoltosa.

– Vi daremo una risposta nel giro di pochi giorni, – dissero, e se ne andarono senza tante cerimonie.

– Pensi che accetteranno? – chiese l'indiano a Giuseppe.

– Si sono un po' risentiti perché speravano di spuntare un cinque per cento che si sarebbero intascati senza mettere al corrente i loro soci, ma sono certo che ci staranno. Siamo gli unici sulla piazza a garantire la produzione di documentazione fasulla a questo livello.

– Sei certo, Sunil, che un mese sarà sufficiente? – domandò il russo.

– Sí, in una cittadina vicino ad Alang i soggetti selezionati verranno tenuti sotto osservazione fino a quando non

arriverà l'ordine. In quel momento verranno caricati su una nave e sbarcati in una spiaggia della Liguria, dove il nostro Giuseppe provvederà a prelevarli e a condurli in questa bella clinica. Penseranno di dover essere sottoposti a una visita medica, e invece doneranno diversi organi a ricchi malati.
– Con che miraggio vengono accalappiati? – chiese ancora Peskov.
– Di andare a servire nelle ville di facoltose famiglie spagnole e francesi, – rispose. – Per rendere piú credibile la faccenda, verranno «assunte» prevalentemente coppie di giovani sposi o promessi tali. Lui farà il maggiordomo o l'autista e lei baderà ai bambini. Insomma le solite favolette che piacciono tanto ai disperati del terzo mondo.
Giuseppe li portò a visitare la clinica. I due rimasero favorevolmente impressionati. Attrezzature all'avanguardia, personale medico preparato e un giro notevole di clienti.
– Pensate che qui viene rimandato a casa il quarantacinque per cento dei pazienti. Sicurezza e salute prima di tutto, sottolincò con orgoglio il napoletano. – Anche uno stupido incidente e salta l'affare degli organi.
– E il mio chirurgo di fiducia, il dottor Kuzey Balta, di quali attrezzature potrà disporre? – chiese Sunil.
Cruciani li condusse in un piano interrato sbarrato da una porta di ferro. – C'è una piccola dépendance che ufficialmente risulta non ancora ultimata ma in realtà è perfettamente agibile. I turchi opereranno di notte, quando la clinica è praticamente deserta, e poi penserò io stesso a controllare la situazione. Qui sono il padrone, no?
– Ma come ti è venuto in mente di aprire una clinica? Ricordo che a Leeds avevi tutt'altri progetti.
– Mica è stata mia, l'idea. È venuta a Gaetano Bonaguidi, un chirurgo plastico dalle mani d'oro ma con il vizio del gioco. L'ho conosciuto in una bisca d'alto bordo, e siccome

mi era simpatico gli ho dato una mano con certi creditori, e lui ha ricambiato. È convinto che incontrarmi è stata la sua fortuna, ma mi sa che alla fine a me è andata meglio.

A cena incontrarono un faccendiere greco, tale Stephanos Panaritis. Era una conoscenza di Banerjee, nata nel campo dello smaltimento rifiuti tossici. Ora Panaritis, un omino gentile e simpatico, era interessato all'acquisto di pavimenti in legno destinati al mercato spagnolo. Si rivelò un osso duro e strappò un prezzo decisamente conveniente. L'indiano aveva omesso l'informazione a Peskov per divertirsi alle sue spalle.

– Mi ha sfibrato, – protestò il russo. – Non la smetteva di parlare.

– E ora avrai seri problemi di erezione, – lo canzonò Sunil. – A proposito, Giuseppe, dove ci stai portando?

– Prima a bere un bicchierino, – rispose in tono misterioso.

Il bar era pieno di donne giovani e di signore piacenti. Di ragazze nemmeno l'ombra. Gli uomini, perlopiú soli, si aggiravano distribuendo sorrisi e attaccando discorso. L'ambiente era gradevole e i liquori di qualità.

– Queste non sono puttane, – commentò Aleksandr.

– Diciamo che non lo fanno di mestiere, – spiegò Giuseppe. – Sono impiegate, casalinghe che non vogliono perdere la qualità di vita che avevano prima della crisi e arrotondano. Approfittare della loro inesperienza è godurioso e divertente.

– Ah, la crisi, che cosa meravigliosa! – esclamò Banerjee puntando una magrolina col seno piccolo, i capelli corti e un volto dai tratti delicati. – Conosce l'India? – le domandò in inglese.

– Veramente non ci sono mai stata, – rispose l'altra in modo un po' stentato.

– Allora permetta che le offra da bere e le racconti alcune delle straordinarie bellezze del mio paese.

Il russo decise che l'ambiente era troppo triste e deprimente e saltò su un taxi dopo aver finto un improvviso mal di testa. In hotel si infilò una tuta e andò a correre sul tapis roulant della sala fitness.

Giuseppe offrí da bere a un'impiegata in cassa integrazione, separata e madre di due bambini. Le sceglieva sempre cosí: preoccupate per il futuro, deluse dal passato e dal presente. Scoparle era una maniera di osservarle e immaginarsi al loro fianco per il resto della vita. Il desiderio del napoletano era di salvarne una da un'esistenza infelice e complicata, attraverso l'unione benedetta dalla chiesa. Non era certo un modo per emendare la lista infinita dei suoi peccati. Piuttosto una sistemazione tranquilla, basata sulla riconoscenza.

Il problema era che non aveva ancora trovato una cosí bella e brava a letto da meritarsi i suoi soldi. Allungò una mano e le accarezzò una coscia.

– Tocca, tocca pure, – lo incitò l'impiegata, che aveva detto di chiamarsi Mia. – Basta che ti decidi in fretta, devo tornare a casa prima che i bambini si sveglino.

La posizione Gps guidò il gommone fino alla spiaggia nelle vicinanze di Saintes-Maries-de-la-Mer, dove attendeva il tenente Vinogradova. Sbarcarono due uomini e una donna, e il marinaio che li aveva accompagnati li aiutò a portare a terra alcune pesanti valigie e un paio di casse, che vennero caricate sul furgone acquistato da Peskov.

L'imbarcazione e il mezzo ripartirono nello stesso momento. Ulita aveva verificato piú volte il percorso e guidò sicura percorrendo strade secondarie. Una volta a Marsiglia si rilassò e diede il benvenuto ai nuovi arrivati, scambiando battute e notizie sui colleghi rimasti a Mosca. La donna che sedeva al suo fianco si chiamava Kalisa Mektina, gli uomini nel sedile posteriore Georgij Lavrov e Prokhor Etush.

Erano tre esperti agenti operativi dell'Fsb e avevano partecipato all'attacco contro la base dell'Organizatsya di Vitaly
Zaytsev. Erano stati scelti dal generale Vorilov per la loro
perfetta conoscenza della lingua francese e per le specializ-
zazioni conseguite durante l'addestramento. Etush era il piú
anziano del gruppo con i suoi trentaquattro anni; prima di
essere arruolato nei servizi federali aveva combattuto con gli
spetsnaz in Cecenia. Una vera macchina da guerra. Georgij
Lavrov, trentuno anni, era un esperto di spionaggio elettro-
nico, e Kalisa, la piú giovane, di interrogatori. Di solito per
spezzare la resistenza dei prigionieri venivano impiegati i ve-
terani, ma lei aveva un dono speciale. La terrorista Mairam
Nazirova meritava l'eccellenza. Una volta giunti nella villetta di Saint-Barnabé, dopo aver visitato la casa spartanamen-
te arredata con i mobili di un grande magazzino svedese, si
riunirono nella cucina per il primo briefing sull'operazione.

– Dovremo agire con la massima attenzione. Marsiglia è
strettamente controllata dalla polizia e dai vari servizi francesi. Una copertura perfetta è la condizione necessaria per
portare a termine l'operazione con successo, – spiegò Ulita.
– I vicini dovranno credere che in questa villetta vivono due
coppie. La prima formata da Prokhor e da me, la seconda
da Georgij e Kalisa. Ci faremo vedere nel quartiere, andremo a fare la spesa, frequenteremo i locali. Senza esagerare,
ma non dovremo assolutamente dare l'impressione di avere
qualcosa da nascondere. Anche perché uno dei nostri obiettivi si trova non lontano da qui.

– E se ci chiedono che cosa facciamo in Francia?

– Lavoriamo per la Dromos, una ditta che si occupa di instal-
lare cavi sottomarini. E quando non saremo operativi, avremo
orari da impiegati. Usciremo la mattina e torneremo la sera.

Etush era a disagio.

– Non ho mai lavorato sotto copertura.

– Nemmeno i tuoi colleghi, – ammise la Vinogradova. –
In questo momento sembrate esattamente quello che siete:
membri di un corpo d'élite. Dovrete sforzarvi di assumere
un aspetto meno marziale e autoritario. Osservate i civili,
come vivono, come vestono. Ricordatevi che avete un part-
ner quando passeggiate per il quartiere. Osservate la città e
interiorizzatene il ritmo. Non dovrete sembrare francesi ma
nemmeno destare sospetti.

I tre agenti si scambiarono occhiate. – Si tratta quindi di
un'operazione che prevede una permanenza non breve, –
azzardò Kalisa cercando le parole giuste.

Quello che posso dirvi con certezza è che catturare la
Nazirova e smantellare il traffico d'armi dei transnistriani
è solo la prima di una serie di attività clandestine che l'Fsb
intende sviluppare in Francia, – chiarí Ulita. – Quanto tempo sarà necessario è impossibile prevederlo.

– Io adoro la Francia, – sbottò allegro Georgij. – E se poi
mi permette, tenente, la vorrei ringraziare per l'opportunità che ci sta offrendo. Le missioni all'estero sono di grande
aiuto per la carriera.

– Su questo non ci sono dubbi, ma io ho solo approva-
to le vostre candidature, – precisò Ulita. – In realtà è stato
Vorilov in persona a selezionare la squadra, e sarà sempre
lui a seguire ogni progresso operativo –. Fece una pausa per
sottolineare l'importanza di quanto aveva appena detto, prima di spegnere la luce e proiettare sulla parete la foto delle
vetrine dell'agenzia matrimoniale Irina. – Questa è la base
operativa dei transnistriani –. Poi apparvero i volti di Dan
Ghilascu, detto Zub, e Natalia Balàn. – E questi sono i trafficanti d'armi moldavi che sono in contatto con la terrorista
cecena Mairam Nazirova e il capo jihādista salafita Mounir
Danine. Dovremo catturarli e convincerli a collaborare.

– Sarà un piacere, – ghignò Kalisa.

Nel tardo pomeriggio del giorno seguente, Aleksandr aprí la pesante porta blindata della sede della Dromos. Era di ottimo umore. Matheron lo aveva invitato a fare una gita con il suo yacht ancorato al Vieux-Port. Evidentemente il costruttore e i suoi soci si erano convinti della bontà delle intenzioni dell'investitore russo. Aveva subito avvertito Sunil, che era arrivato da Londra ed era sceso in un lussuoso hotel del centro.

Si stupí di vedere una donna che sfoggiava un giacchino di velluto verde dal taglio molto francese, seduta alla scrivania in entrata.

– Buongiorno, signor Peskov, io sono la sua nuova segretaria, – si presentò in francese.

– Piacere.

– Madame l'attende nel suo studio.

Si fermò sulla porta a osservare Ulita che lavorava al computer. Senza alzare lo sguardo, gli fece segno di entrare.

– Carina la segretaria, madame, – commentò sarcastico Peskov. – E pensare che non ho dovuto nemmeno mettere un'inserzione per trovarla.

Notò un movimento alle sue spalle e vide due uomini che lo stavano osservando con un'espressione impassibile.

«Fsb», pensò senza il minimo dubbio.

– Sei tenuto a obbedire a tutti i presenti, – annunciò in tono sgradevole la donna.

– Anche alla segretaria?

– Ti conoscono, Zosim, – disse Ulita svelando il suo vecchio nome. – Sanno che eri un mafioso e che ora stai tentando di riscattarti servendo la patria. Quindi non darti arie da riccone o da grande imprenditore e rispetta la gerarchia. Altrimenti sono autorizzati a prenderti a calci. Anche la segretaria.

– Agli ordini, tenente Vinogradova, – disse Peskov con quel tono ambiguo che tanto faceva incazzare la sua reclutatrice. Girò sui tacchi e si chiuse nella sua stanza. Quando estrasse il tablet dalla borsa, si accorse che gli tremavano le mani. Ulita aveva cambiato atteggiamento e il messaggio era chiaro. «Fottere l'Fsb non sarà solo necessario ma anche un piacere», pensò.

Piú tardi, nel bar dell'hotel, si sfogò con Sunil che era alle prese con il suo secondo Pimm's.

– Non la sopporto piú quella troia.

– E pensare che ti ho invidiato quando arrivò a Leeds, – sospirò l'indiano. – Quante volte ho desiderato che la tigre del materasso volesse reclutare un parsi nei servizi segreti russi. Non credo che ve ne siano poi molti.

Sulle labbra del russo spuntò un sorriso. – Non sei abbastanza robusto per reggere un assalto del tenente Vinogradova.

– Mi stai sottovalutando. Sarei in grado di addomesticarla e invece, purtroppo, saremo costretti a rovinarle la carriera.

– Hai già qualche idea?

– L'unica realisticamente praticabile, – rispose. – Arraffare piú soldi possibile e sparire.

– Mi ritroverebbero nel giro di un paio di anni.

Banerjee agitò il dito. – No, se prima di fuggire col malloppo fai dono della nostra Ulita e dei suoi amichetti ai servizi segreti francesi. Nel momento in cui li arrestano, tu svanisci nel nulla.

– Ti sei dimenticato di Vorilov.

– Ho pensato anche a lui, – disse. – Un bel dossier alla stampa che lo avversa. Sarai l'ultimo dei suoi pensieri.

– Per te è sempre tutto facile.

– È la mia educazione inglese, – spiegò. – Facile... difficile... in realtà la vita è maledettamente complicata ma tutti i problemi vanno affrontati con stile, mio caro –. Guardò l'orologio. – Mi berrei il terzo bicchiere, ma forse è meglio cenare, poi a nanna. Domani mattina dobbiamo andare a spasso per il mare con Matheron.

Gilles li accolse personalmente sulla passerella della *Reine des Îles*, ventiquattro metri di lusso in mogano e ottone tirati a lucido.

– Benvenuto, monsieur Peskov, – lo salutò stringendogli la mano, poi si rivolse a Sunil. – Lei deve essere il socio.

– Il socio indiano, – scherzò Aleksandr.

Il costruttore diede ordine ai due marinai di salpare e accompagnò gli ospiti nel salotto di poppa dove erano attesi da altri quattro signori che avevano superato la cinquantina. Il russo notò che non c'era Édouard. Un dettaglio interessante: il padre non si fidava del figlio.

Gilles li presentò. La cricca, al completo. L'onorevole Pierrick Bremond, doppiomento e papillon. Il notaio Jean-Pascal Teisseire, basso e tarchiato, folta capigliatura color stoppa. Fabrice Rampal, direttore generale del Crédit Provençal, allampanato e apparentemente innocuo se non fosse stato tradito dagli occhi da rapace, e infine Thierry Vidal, proprietario dell'Immobilière Haxo, abbronzatura artificiale e narici arrossate da consumatore abituale di cocaina.

I due ospiti si scambiarono un'occhiata eloquente. Inez aveva avuto fiuto. Quelli erano gli uomini giusti per i loro affari marsigliesi. Arrivò un cameriere con champagne e tartine. La banda di furfanti si rivelò anche un gruppo di amici affiatati, goduriosi e, tutto sommato, simpatici.

Di punto in bianco Gilles Matheron prese la parola. – Ho illustrato la vostra proposta ai miei amici e siamo pronti a prenderla in considerazione, ma alle nostre condizioni.

– Sarebbero?

– Noi non possiamo piú avere un contatto diretto col denaro. Né pubblico, né privato, – rispose Bremond senza tanti giri di parole, con una voce baritonale da politico consumato. – Anche se non siamo finiti in galera lo scandalo ci ha segnati per sempre. Però abbiamo ancora il potere di far confluire il vostro negli affari che contano. Lavoreremo nelle retrovie, tra di noi non ci sarà nessun rapporto pubblico e voi ci verserete il venticinque per cento.

– Cifra fuori mercato, – commentò Sunil. – Riteniamo che il dieci per cento sia piú che sufficiente.

Calò un silenzio imbarazzato. Fabrice Rampal si alzò e prese l'indiano sottobraccio. – Venite a vedere cosa offre Marsiglia.

Il sole era abbastanza caldo e il vento da nordovest debole. Una giornata ideale per una gita in barca, ma in realtà la *Reine des Îles* non aveva preso il largo, limitandosi a costeggiare la città. Rampal puntò l'indice. – Quello è Cap Pinède, – annunciò. – Nei trecento ettari circostanti verranno costruiti quattordicimila nuovi appartamenti, negozi e uffici per un valore di un miliardo di euro. E ottantamila sono quelli da costruire nel resto della città...

Gilles indicò vagamente un altro punto. – La Cité de la Savine. Centocinquanta appartamenti da bonificare dall'amianto, senza contare i lavori di ristrutturazione. Ce ne sono altri seicento sparsi per la città.

– E poi possiamo procacciarvi clienti per i vostri traffici di rifiuti, per il legname sloveno, appalti per i cavi sottomarini, – intervenne ancora Rampal. – Questa è la nostra Marsiglia.

Bremond si schiarí la voce. Vecchio trucco per attirare l'attenzione. – Ognuno di noi è un ingranaggio della serratura che spalanca la porta della città. La politica, la finanza, le costruzioni, il mercato immobiliare, e il nostro Jean-Pascal, mente giuridica di primissimo ordine che rende possibile ogni atto notarile, transazione, stipula di contratto. Mettiamo al vostro servizio l'esperienza, l'ingegno, la rete di conoscenze, il prestigio personale.

Peskov guardò Sunil. Era pronto ad accettare. Ma l'indiano era imprevedibile. – Cari signori, non ho il minimo dubbio che su questa magnifica imbarcazione sia riunito il miglior comitato d'affari dell'intera regione, ma non riuscirete a spuntare piú del venti per cento.

Al russo si mozzò il fiato in gola. Non potevano rischiare di mandare all'aria i rapporti con la cricca Bremond.

– D'accordo, – tagliò corto l'onorevole afferrando una bottiglia di champagne. – Ora pranziamo e stasera andiamo a festeggiare da Xixi, le migliori puttane di Marsiglia ci aspettano.

Ancora scosso dalla tensione, il russo rimproverò Banerjee.

– Cosa ti è saltato in mente? Non possiamo permetterci di inimicarci questa gente.

– Ma nemmeno di leccargli il culo, altrimenti si sentiranno in dovere di provare a fregarti perché ti reputano un fesso.

Il commissario Bourdet osservava l'intera cricca Bremond attraverso il grande vetro a specchio. Era stata avvisata da Xixi e si era precipitata a caccia di indizi, di un passo falso, un elemento qualsiasi in grado di rimetterla sulla pista giusta.

– Quei due li hai già visti? – chiese alla maîtresse indicando Peskov e l'indiano.

– No, mai, – rispose la cambogiana. – Il bianco è un russo, l'altro arriva da Londra.

B.B. ridacchiò. – Scommetto che te lo ha raccontato la biondina che Vidal sta palpando come un polipo.

– Esatto. Quello non riesce a tenere la bocca chiusa con le ragazze.

– A suo tempo, anziché farlo interrogare dal giudice avrei dovuto portarlo qui, – sospirò B.B. – Guarda come si diverte quel gruppo di stronzi... Preparami un Dvd con il filmato, Xixi. E mi servono anche i bicchieri di quei signori. Ormai hai imparato come si fa.

La poliziotta si avviò verso la porta. – Non vuoi fermarti? – chiese la maîtresse. – Vanessa mi ha detto che ti sei trovata bene con lei.

– È vero. Ma l'idea di stare sotto lo stesso tetto con quei farabutti mi rovinerebbe la serata. Tornerò un altro giorno.

Stava mentendo. In realtà avrebbe goduto volentieri della compagnia della ragazza, ma intuito ed esperienza le suggerivano di non perdere d'occhio i due nuovi amichetti della cricca. Un russo e un indiano. Una coppia strana anche per quella gentaglia.

Si appostò all'esterno, cicca in bocca e Johnny Halliday come sottofondo. Chiamò i suoi uomini, che arrivarono nel giro di una ventina di minuti, e organizzò il pedinamento.

Dovettero attendere parecchie ore ma nessuno si lamentò. Bremond e i suoi uscirono dal bordello poco prima dell'alba, sghignazzando e dandosi di gomito come militari in libera uscita. Gli stranieri erano piú composti, salutarono educatamente e salirono su un taxi. La vecchia Peugeot seguita dalla monovolume si incollò all'auto pubblica. Cinque minuti dopo, il taxi scaricò l'indiano davanti a un hotel a cinque stelle. Tarpin e Delpech lo seguirono. B.B. e Brainard non mollarono il russo fino a quando non lo videro entrare nel portone di una casa da ricconi.

I poliziotti scesero dalle auto e osservarono le finestre in attesa di scoprire in quale appartamento si sarebbero accese le luci.

– Addirittura l'attico, – commentò lo sbirro.

– Anche l'altro non se la passa male, – aggiunse il commissario Bourdet. – Mi chiedo cosa si saranno inventati questa volta Bremond e soci.

– Si sentono intoccabili, capo.

– Già. E ne hanno tutte le ragioni, – disse con amarezza B.B. andando a suonare il campanello della portineria. Aprí un tizio incazzato di brutto che si calmò solo davanti ai tesserini di riconoscimento e ai modi bruschi di Brainard.

– Il russo che abita nell'attico. Cosa sa dirmi?

– Si chiama Peskov ed è appena arrivato. Non so altro.

B.B. sbuffò. – Vi hanno inventato apposta per riferire alla polizia i particolari che agli altri sfuggono.

Brainard rincarò la dose. – Qui ce la caviamo in un minuto. In centrale ci tocca mettere tutto per iscritto e non ce ne frega un cazzo che lavi le scale a dei milionari.

L'uomo, esasperato, alzò le mani in gesto di resa. – È arrivato con una valigia e basta, – raccontò. – Ad arredare l'appartamento ci ha pensato una tizia che non faceva altro che fare fretta ai fornitori e ai facchini. Trecento metri quadri di casa ma abita da solo. Ho visto una bionda, tipo troia d'alto bordo dell'Est, arrivare la sera e andare via al mattino.

– Sempre in servizio, – commentò la Bourdet.

– Telecamere, – precisò l'uomo seccato.

– Come si muove? Ha un'auto?

Il portinaio scosse la testa. – Taxi, – rispose prima di richiudere la porta.

Tornarono all'hotel a recuperare il resto della squadra e andarono a fare colazione in un bar frequentato da operai e muratori che, per sfangare la giornata, erano costretti ad alzarsi all'alba.

– Si chiama Sunil Banerjee, – annunciò Delpech passando la fotocopia del passaporto al commissario, che la osservò sbocconcellando un croissant. – Ho fatto fare un controllo in centrale e risulta incensurato e foderato di milioni. La sua famiglia è proprietaria di una catena di ristoranti in Europa e lui di un cantiere navale in India. Insomma, pulito come un giglio.

B.B. sbatté la tazza del caffè sul piattino. – Uno pulito non va a puttane con la cricca di Bremond. Io torno sotto casa del russo, voi andate in centrale e passatelo al setaccio. Poi andate al Tredicesimo e fate il giro dei nostri informatori, voglio sapere cosa combina il nostro Juan Santucho. Pagò il conto e uscí. Era tradizione dei capi della vecchia guardia pagare le consumazioni dei propri uomini. Anche se erano di cattivo umore.

La mattina era umida ma non fredda. Sigaretta e Johnny Halliday, occhi puntati sul portone. Il commissario Bourdet era immersa nei suoi pensieri. Non doveva trovarsi lí. La condizione per essere riammessa in servizio era stata chiara: mai piú indagini sull'onorevole Bremond e i suoi amici. Mai piú. Aveva accettato riconoscente perché quel distintivo era tutta la sua vita. Era sola e sola sarebbe rimasta fino al giorno in cui avrebbe dovuto lasciare il suo appartamento e trasferirsi alla casa di riposo della polizia. Sempre se non si fosse tirata un colpo in testa. Ogni tanto ci pensava. La solitudine era feroce. Fu tentata di allungare la mano sulla chiave e mettere in moto la macchina, ma ricacciò il pensiero. Non si sarebbe mai perdonata di non aver tentato di fottere la cricca. Lo doveva a Marsiglia, che non meritava anche quell'affronto. Squillò il cellulare. Era Brainard. – Anche il russo è pulito. Si occupa di cavi sottomarini. Tra la documentazione abbiamo trovato una lettera della sua ambasciata che lo accredita come imprenditore.

B.B. frugò nella borsa alla ricerca del lucidalabbra. Rimuginò sull'informazione. Forse gli stronzi avevano deciso di tenere le loro manacce lontane dai soldi pubblici e avevano messo in piedi una truffa ai danni di due polli stranieri. Poteva essere plausibile. Era nel loro stile. In questo caso sarebbero stati meno difendibili sul piano politico e professionale. Un taxi si fermò davanti alla casa del russo. Peskov uscí dopo qualche minuto e la Peugeot lo seguí fino a un altro palazzo signorile del centro.

La portinaia era una gran chiacchierona. Raccontò che, oltre al proprietario, alla Dromos lavoravano altri quattro russi. Due uomini e due donne.

– Nemmeno un francese, lo trova giusto? – protestò la donna sdegnata.

– Il governo dovrebbe intervenire, – ribatté banalmente la Bourdet. – Ma ce ne ricorderemo alle prossime elezioni... Ha notato qualcosa di strano nel comportamento dei russi?

– No. Entrano ed escono spesso e vanno sempre a mangiare alla brasserie all'angolo. Una delle cameriere mi ha detto che hanno un tavolo riservato. Paga la ditta.

Il commissario era già seduta al suo tavolo quando arrivarono Ulita e Kalisa. Le era bastato mostrare discretamente il distintivo al padrone ed era stata fatta accomodare dove desiderava. Rimase colpita dalla bellezza aggressiva di Ulita. «Devi essere un bocconcino delizioso, – pensò. – Peccato che non fai la vita, altrimenti butterei via lo stipendio con te».

Poco dopo entrò Peskov ma non si uní alle sue impiegate. Mangiò al banco, il naso affondato in un giornale di economia. B.B. ebbe l'impressione che la donna in compagnia di Bocconcino gli avesse rivolto un'occhiata poco amichevole e lui avesse distolto lo sguardo. Anche se non comprendeva una sola parola, era chiaro che era Bocconcino a comandare, e il suo intuito femminile, prima che di sbirro, la portò a sospettare che nonostante l'abbigliamento le due non fossero quello che volevano far credere.

Aveva trascorso tutta la vita a osservare la gente cercando la nota stonata, e le russe non la raccontavano giusta. Le fissò a lungo senza capire cosa la disturbasse tanto, poi ci arrivò. Era il modo in cui si guardavano attorno. Metodico, professionale. Tenevano la situazione sotto controllo. Erano brave ma non abbastanza per una sbirra della sua esperienza. Peskov invece pensava ai fatti suoi, nulla di quello che lo circondava sembrava destare il suo interesse, nemmeno una mora che gli sedeva vicino, decisamente piú bella della puttana che si era scelto da Xixi.

B.B. uscí dal locale convinta che la Dromos meritasse un'indagine piú approfondita. Ma non si sentiva cosí lucida. Ulita l'aveva colpita e turbata come non le capitava da tempo. Si chiuse nella Peugeot e si masturbò mentre Johnny Halliday e Luther Allison cantavano *La guitare fait mal*.

Il pedinamento serale fu condotto dai suoi uomini. Le donne montarono su una station wagon tedesca e si diressero verso Saint-Barnabé, dove si fermarono in un piccolo centro commerciale a fare la spesa. Al momento di ripartire fecero perdere le loro tracce.

– Non so come abbiano fatto, – si giustificò Tarpin.

– La forza dell'abitudine, – bofonchiò la Bourdet.

– Scusi, capo?

– Nulla, Baptiste, nulla, – rispose. – Lasciate perdere, tanto sappiamo dove trovarle.

Non se la sentiva di spiegare che le due tizie erano scomparse perché per loro era una consuetudine adottare tecniche antipedinamento. I suoi uomini avrebbero pensato che era uscita di testa. E forse avrebbero avuto ragione. Magari il suo intuito la stava tradendo e stava affastellando una storia basata su indizi e sospetti inesistenti. A volte capitava anche agli sbirri piú bravi e il finale era sempre sbagliato. A lei era successo una volta e il tizio si era fatto la galera per nulla. Non ci aveva perso il sonno perché si trattava comunque di un delinquente, ma non era certo un risultato professionale da ricordare con piacere.

Agli agenti russi dell'Fsb in missione a Marsiglia le cose andarono decisamente meglio. La coppia di transnistriani si fece pedinare dal furgone fino a un residence di Palama. La loro Jaguar bianca viaggiò sempre al di sotto dei limiti imposti dal codice della strada. I due sensali di spose dell'Est non avevano nessuna voglia di attirare l'attenzione delle forze dell'ordine, nemmeno con una multa. Prokhor Etush ricevette il cambio da Kalisa e tornò alla villetta dove il tenente Vinogradova lo attendeva per la cena.

Poco prima di mezzanotte la coppia risalí sulla Jaguar e condusse i russi nella zona industriale di Saint-Pierre. Kalisa era costantemente in contatto telefonico con il suo superiore. – Sono entrati in un parcheggio, – comunicò, – è praticamente deserto, non possiamo seguirli.

In quel momento accanto al furgone transitò un Tir sulla cui fiancata spiccava la scritta: «Asarov Forwarding – Tiraspol».

– Credo sia arrivata la merce che attendevano.

– Veniamo subito, – disse la Vinogradova.

Dopo qualche minuto la Jaguar lasciò il parcheggio facendo strada al Tir. Imboccarono la via del porto, mescolandosi alle decine e decine di mezzi che salivano e scendevano dai traghetti diretti nei vari paesi del Maghreb.

I russi riuscirono a mantenere il contatto visivo e a farsi raggiungere da Ulita e Prokhor Etush. Videro la macchina dei transnistriani allontanarsi. La loro missione era finita. Georgij rimase alla guida del furgone, mentre gli altri tre si divisero e iniziarono a perlustrare a piedi la zona degli imbarchi.

Kalisa riconobbe Mounir Danine. Lo vide avvicinarsi al Tir, in attesa di imbarcarsi per il Marocco, e salire al posto del passeggero. Tutta la zona era presidiata da poliziotti e doganieri. Uno di loro si occupò del mezzo proveniente da Tiraspol. La russa ebbe la netta impressione che l'agente fosse in combutta con il terrorista.

– Cercate la nostra «amica», – ordinò il tenente. Ma della Nazirova non c'era traccia. Forse era già a bordo. Oppure era rimasta nel nascondiglio di Marsiglia, o aveva anticipato il capo salafita e aveva già attraversato il mare.

Quelle ipotesi non tranquillizzarono il generale Vorilov, che l'indomani ordinò di aumentare la pressione sull'agenzia matrimoniale.

La Vinogradova non era d'accordo. – Forse è il caso di continuare a monitorare la situazione. Prima o poi la Nazirova si farà viva.

– Il tempo non è dalla nostra parte, – disse il capo dell'Fsb. – E non sappiamo praticamente nulla di come agiscono i nostri nemici. È giunto il momento di andare a fare qualche domanda.

– Dubito che sappiano dove si nasconde la cecena.

– È probabile che lei abbia ragione, tenente Vinogradova, – ribatté Vorilov. – Ma ho riflettuto a lungo sulla vicenda e mi sono fatto l'idea che la Nazirova e Danine siano legati da una relazione sentimentale. In questo caso è a Rabat che la troveremo. Lei si occupi dei traditori moldavi.

Suonava come un ordine e lo era a tutti gli effetti. Ulita si convinse che il generale doveva aver ricevuto qualche altra informazione dagli agenti infiltrati in Marocco. Sperò di sbagliarsi e di essere lei a mettere le mani sulla vedova cecena.

Radunò la squadra nella sala riunioni della Dromos. – Mosca ci ordina di agire contro Ghilascu e la Balàn, – annunciò. – Dobbiamo prenderli e interrogarli, e seguire la procedura prevista in questi casi.

– Ci servirà un posto tranquillo, – intervenne Kalisa pensando all'interrogatorio.

– Escluderei la casa, – disse Etush. – La zona è troppo tranquilla e fittamente abitata.

– Allora non resta che l'agenzia, – ragionò Ulita. – Entreremo poco prima della chiusura e rimarremo lí fino a quando non avremo terminato. Prokhor provvederà alla copertura esterna.

Decisero di agire dopo aver controllato e studiato per tre giorni le vie di accesso e di fuga.

Sei

Quella mattina la Bourdet avrebbe voluto continuare a occuparsi dei russi, ma fu costretta ad andare nel Tredicesimo. Le notizie raccolte dai suoi uomini non erano rassicuranti. Attese Rosario davanti al nido della figlia. La vide arrivare con la bambina attraverso lo specchietto retrovisore. Appariva invecchiata, sciatta e aveva una guancia gonfia. La piccola aveva gli occhi spenti, sembrava fatta di pezza.

La poliziotta abbassò il finestrino. – Sai chi sono?

– La famosa poliziotta, immagino, – rispose Rosario.

– Ti devo parlare. Accompagna Pilar. Ti aspetto qui.

La sudamericana tornò strascicando i piedi e salí in macchina sbattendo la portiera. Il commissario mise la freccia e si incuneò nel traffico.

– Ho sentito che stai facendo divertire i ragazzi, – disse in tono piatto. – Si vantano di sbatterti tutti i giorni almeno un paio di volte a testa. Deve essere uno spasso farsi pompare da Cerdolito.

Gli occhi di Rosario si riempirono di lacrime. – Se non ci fosse la bambina mi sarei già buttata dalla finestra.

– Se vuoi mi posso occupare dell'adozione della bimba. Ai funerali penserà il comune.

– Mi aiuti, la scongiuro. Farò qualsiasi cosa.

– Cosí mi metti in tentazione, dolcezza, – ribatté in tono acido. – Piuttosto, aiutami a capire una cosa: perché, pur sapendo che sei una spia, Juan ti ha messo in casa di quei tre idioti? Quelli continuano a parlare anche di fronte a te, vero?

– Se vuole posso stare piú attenta e diventare la sua confidente.

– Ti ringrazio, ma è evidente che Juan Santucho ti ha messo in quella casa proprio per farti diventare la mia informatrice, per cui di te non ho proprio bisogno, – disse accostando l'auto al marciapiede. – Domani mattina di fronte al nido troverai l'ispettore Brainard che porterà te e la bambina in un posto sicuro.

Rosario le afferrò una mano e la baciò riconoscente.

– Grazie, grazie…

– E smettila, – sbottò dandole una spinta. – Non lo faccio per te, ma per Pilar. Non permetterò che cresca in quell'ambiente di merda. Se ti comporterai bene potrai tenerla, altrimenti verrà data in affido e, sinceramente, non so cosa sperare.

La ragazza scoppiò a piangere a dirotto e si toccò il ventre. – Credo di essere incinta. Credo sia di Bermudez.

– Oh, cazzo, – mormorò B.B. Di slancio la strinse al petto e la consolò come una madre. – Povera piccola. Ancora un giorno e vedrai che andrà meglio, ma tu ce la devi mettere tutta, hai capito? Io non ti lascerò sola.

Il bar dell'hotel dove alloggiava Sunil era diventato il luogo dove si incontravano per parlare d'affari. Quella mattina c'era anche Giuseppe Cruciani. – Quelli della clinica hanno accettato, – annunciò l'italiano soddisfatto. – Tra un mese esatto attendono i primi pezzi. Ci serviranno due donatori.

– Oggi stesso mi metto in contatto con Surendra ad Alang, – disse Banerjee.

Giuseppe volle essere messo al corrente della situazione. Quando il russo terminò la relazione ricca di particolari per rendere un'idea precisa dei soggetti con cui si erano associati, il napoletano non nascose la sua perplessità. – Ma se Aleksandr deve fregare l'Fsb e sparire ancora una volta, che fine faranno i soldi investiti negli affari immobiliari?

– Credo che riusciremo a recuperarli in seguito, ma non è detto che una parte non vada perduta, – ammise l'indiano. – Tutto dipende dalle turbolenze che la faccenda provocherà.

– Infatti si tratta di accumulare piú denaro possibile dagli altri settori, – interloquí Aleksandr. – E nel frattempo distribuire quello destinato a Matheron con una certa parsimonia.

Sunil aggiunse dello zucchero di canna nella tazza del tè.

– Comunque non possiamo lamentarci dei nostri soci marsigliesi. Ci hanno messo in contatto con un bel po' di clienti, ancora qualche giorno e i soldi cominceranno a girare.

Cruciani volle discutere qualche altro dettaglio sull'affare della clinica e annunciò la volontà di ripartire per l'Italia.

– Tu sei completamente pazzo, – esclamò Banerjee con enfasi. – Non si riparte da Marsiglia senza aver reso omaggio a Xixi, la migliore maîtresse di tutta la Francia.

– E vaffanculo Sunil, mi hai fatto spaventare, – sbottò Giuseppe. – Tutto 'sto teatro per andare a puttane.

L'indiano gli piantò un dito nel petto. – Scusa la franchezza, ma è di fondamentale importanza che tu goda dei servizi di altissima qualità che la prostituzione organizzata marsigliese può offrire, perché solo cosí capirai che non puoi costringere i tuoi piú cari amici ad accompagnarsi a donnine incapaci come quelle di Milano –. Poi si rivolse a Peskov.

– Sei stato lungimirante a scegliere il tapis roulant. Pensa che sono stato costretto a trascorrere un paio d'ore con una tizia che non ha fatto altro che spiegarmi che lo faceva solo per soldi. Mi ha perfino parlato del marito disoccupato! Una tristezza indicibile.

– D'accordo, – si arrese Cruciani. – Stasera cercherò di imparare qualcosa.

– Non contate su di me, – mise subito in chiaro il russo.

– Ti è già venuto il mal di testa? – lo canzonò l'italiano.

– Il nostro Aleksandr ha un'insana relazione con un tapis roulant di una certa palestra, – rincarò Sunil. – L'unico che riesca a soddisfarlo dopo l'esperienza con la tigre del materasso.

Il russo li salutò e lasciò l'hotel. Conosceva i suoi amici e sapeva che avrebbero cazzeggiato ininterrottamente per le prossime ore.

Il mattino seguente il commissario Bourdet osservava con aria pensosa un bicchiere sporco di polvere per rilevare le impronte, conservato in una busta da reperti. I suoi uomini la guardavano preoccupati. Non riuscivano a capire che cosa le passasse per la testa. Era stata Xixi a farglielo recapitare insieme alle immagini di Sunil e Cruciani.

B.B. era sempre piú turbata. Ora entrava in scena addirittura un ex camorrista che aveva collaborato con la polizia italiana, e questa sembrava l'unica ragione per cui non si trovava in galera. Un nababbo indiano, un russo «sponsorizzato» dall'ambasciata, un italiano in odore di mafia, legati in qualche modo alla cricca Bremond. C'era da perderci il senno.

Ma il Tredicesimo andava tenuto sotto osservazione e, purtroppo, aveva la precedenza. Rosario e Pilar erano state affidate a un centro di assistenza di Tolosa.

«Cosa devo fare? Lo devo tenere?» aveva chiesto Rosario alla Bourdet, toccando nervosamente la croce che portava al collo.

«Ti posso dire quello che farei io, – aveva risposto il commissario in tono schietto. – Un figlio di Bermudez non lo vorrei per tutto l'oro del mondo. Pilar ha bisogno di dimenticare, non di ritrovarsi con un altro problema».

Certo che Esteban Garrincha, detto Juan Santucho, era stato un gran bastardo a regalarla come una bambola ai suoi tre scagnozzi. E ora aveva iniziato una guerra strisciante contro Bermudez, invadendo la sua zona di vendita. Non era il piano previsto dal commissario per fare piazza pulita dei messicani. Scambiare due paroline con il suo protetto era diventato urgente.

– Andate a prelevare quell'idiota, – ordinò.

Garrincha stava passeggiando con Bruna, mano nella mano. La monovolume degli ispettori si affiancò e il portellone laterale venne spalancato da Tarpin. – Santucho, vieni con noi.

– Lasciatelo stare, non ha fatto nulla,   strillò Bruna, che era già piuttosto su di giri.

– Taci, troia, – ordinò Brainard.

La ragazza si girò verso il suo uomo. – Hai sentito come mi ha chiamato?

– Troia! – ripeté l'ispettore.

Esteban l'abbracciò. – Torno subito, non ti preoccupare, – sussurrò in tono calmo prima di salire. Lo misero a sedere fra Tarpin e Brainard, ed entrambi gli ficcarono i gomiti nelle costole.

– Ehi, che succede? Lo sapete che lavoro per voi.

Brainard gli tirò una gomitata che gli mozzò il respiro.

– Lo sappiamo. Ma dovevamo fare un po' di scena e questo è il nostro modo per raccogliere i pezzi di merda come te dalla strada.

Il paraguaiano aveva troppa esperienza per insistere. Doveva solo stare zitto, sopportare e attendere l'arrivo della poliziotta, che fece il suo ingresso nella sceneggiata qualche minuto piú tardi.

– E allora, Santucho, mi dicono che fai di testa tua, – attaccò, accendendo una sigaretta.

– Ho solo allargato la zona di vendita.

– E magari Bermudez s'incazza e la guerra dei territori si allarga ai *latinos*.

– Non accadrà, madame. Sto per scoprire dove tiene la roba, e in quel momento sarà fottuto.

– Decido io chi viene fottuto e quando. Ti sei dimenticato chi sono? – domandò minacciosa.

– No, no. Lei è dio.

– E dio ti ordina di rimanere nella tua riserva di spaccio. Fatti rivedere quando hai scoperto il deposito del messicano.

Schioccò le dita e il furgone si fermò.

– Scendi!

Garrincha ebbe un attimo di esitazione. – Ho sentito delle voci, – disse cauto.

– Qualcosa che non so? – lo sfidò B.B.

– Pare siano arrivati altri messicani a Marsiglia.

– Ne arrivano ogni giorno.

– Ma questi sono nemici giurati del giro di Bermudez.

– E allora sbrigati a prendere il suo posto, altrimenti ci metto loro e tu finisci dritto in galera, – ringhiò la poliziotta.

Brainard gli diede una spinta e lo fece ruzzolare a terra. La monovolume ripartí sgommando.

I passanti osservarono spaventati la scena, ma Esteban si alzò spazzolandosi i vestiti e distribuendo sorrisi. – Tranquilli, è mio suocero, – disse in tono allegro. – Ha un brutto carattere ma è una brava persona.

Avrebbe potuto tornare in taxi, ma scelse di camminare per sbollire la rabbia. La poliziotta si credeva dio ma non aveva capito con chi aveva a che fare. Garrincha aveva spiato Bermudez fino a decifrare l'organigramma e la struttura della sua organizzazione. Soprattutto, aveva già scoperto dove custodiva la coca e la mota. Una montagna di roba che doveva servire per tutto il Sud della Francia. Arrivava regolarmente dal Messico, dove ce n'era da buttare via, ma quel *pendejo* tardava ad allargare la rete e la droga continuava ad accumularsi a Marsiglia. Entro un paio di giorni sarebbe diventata sua e il grande Xavier Bermudez avrebbe pagato diversi conti. Alla Bourdet avrebbe raccontato che a farlo fuggire o sparire era stata la concorrenza, e lei sarebbe stata costretta a crederci. In fondo avrebbe raggiunto il risultato che voleva. E anche lui. Con tutta quella roba da smerciare avrebbe allargato il suo giro, usando la rete di spacciatori da strada del defunto Bermudez. Si sarebbe fatto chiamare don Santucho. Alzò lo sguardo sui palazzi del boulevard. Marsiglia. Città difficile. Da capire, da vivere. Alla fine anche uno come don Santucho si sarebbe beccato una raffica di kalashnikov o sarebbe finito in galera. Era quasi impossibile sperare in un destino differente. Ma lui non si sarebbe fatto fregare per l'ennesima volta. Aveva chiuso con la parte del coglione. E allora addio Marsiglia. Un anno di risparmi, un passaporto falso e una nave diretta in Sudamerica. Buenos Aires o Caracas. Con un paio di milioni di euro poteva tirare avanti un bel po' la carretta. Nel frattempo si sarebbe guardato intorno. Non necessariamente nel campo del crimine. Magari in quello della sicurezza privata. Eh, già. Perché no?

All'ora di pranzo El Zócalo serviva pasti veloci a una clientela di basso livello. Spazzini, idraulici, muratori, commessi di piccoli negozi. Bruna si era scelta un travestimento adeguato e, seduta al bancone, mangiava insalata, beveva birra e seguiva i movimenti di Bermudez. Il messicano era sparito da un pezzo nel magazzino, e la ragazza sperò che si sbrigasse a uscire perché non voleva essere costretta a ordinare anche il dolce. Il trafficante riapparve reggendo una cassa di birra. Ennesima e ultima conferma che il deposito della droga era proprio nel ristorante. Bruna lo aveva controllato ormai una decina di volte. Aveva iniziato a piazzarsi nel locale quando Xavier doveva fare la consegna settimanale al suo Juan. Sempre gli stessi movimenti. Il messicano stava attento, ma una volta individuato un metodo sicuro era diventato abitudinario. La cassa di birra custodiva la roba che doveva essere distribuita, celata in pacchi da zucchero o barattoli di caffè apparentemente sigillati che venivano consegnati nel supermarket di un centro commerciale con il trucchetto dello scambio del carrello. Si permetteva di agire indisturbato sfruttando la sicurezza di un luogo pubblico, perché poteva contare sulla complicità di una cassiera e di uno dei vigilantes che controllavano l'entrata. Il metodo era un po' complicato ma evitava brutte sorprese nel momento più delicato dello scambio denaro-droga, quello in cui una delle due parti poteva decidere di fregare l'altra tirando fuori una pistola.

Bermudez infilò la porta e la ragazza terminò la sua insalata. All'esterno c'era Juan pronto ad agganciarlo. Irriconoscibile con il casco integrale, il paraguaiano salí sullo scooter e iniziò a seguire l'anonima utilitaria del messicano. Nemmeno il percorso aveva più segreti, e questo permise a Garrincha di rimanere a distanza di sicurezza senza suscitare sospetti.

Al centro commerciale fu Pablo ad accodarsi al messicano. Bermudez scambiò i carrelli con un honduregno che aveva un giro discreto a Vitrolles.

– Quel messicano è proprio un coglione. Si tiene la roba al ristorante. Fottere uno cosí è un dovere per difendere il buon nome dei narcotrafficanti, giusto? – commentò più tardi Garrincha di fronte alla sua banda al completo.

Pablo, José e Cerdolito erano di cattivo umore perché Rosario era scappata con la bambina.

– Trovatevene un'altra. O altre tre, – aveva sbottato il capo, esasperato. – Ormai avete una certa reputazione e i soldi non vi mancano.

– Rosario era brava, – borbottò il gigante scemo con quella vocina metallica che metteva i brividi.

Esteban notò gli occhi di Pablo indugiare un po' troppo su Bruna, e capí qual era l'oggetto del loro desiderio. Fin da piccoli erano stati abituati a fare tutto insieme, e dividersi la donna non era un problema, anzi. Lo sarebbe stato a Ciudad del Este, ma nel Tredicesimo, a Marsiglia, certe stranezze erano ordinaria amministrazione.

Quando incrociò lo sguardo del suo vice fece un gesto di assenso. Bruna non aveva nulla a che spartire con quella nullità di Rosario, aveva carattere e sapeva farsi valere, soprattutto con i ragazzi, ma per non stare lontana dalla coca sarebbe scesa fino all'ultimo gradino della dignità. Avrebbe ingoiato l'orgoglio senza darlo a vedere.

Ma prima doveva sistemare Bermudez e trovare una sostituta. Un capo doveva avere sempre il letto caldo, come gli aveva insegnato a suo tempo Carlos Maidana.

– Andremo a svuotare il deposito di quel *pendejo* di Xavier, – annunciò Garrincha.

– Ci voglio essere anch'io, – disse Bruna.

– Vuoi diventare una vera dura, eh? – ridacchiò il paraguaiano, allungandole un buffetto.

– Quando? – chiese pratico Pablo.

– Domani mattina.

– Non è meglio di notte?

– No, è piú rischioso, – rispose Esteban. – *El Zócalo* è incastrato fra due locali notturni che aprono verso sera. Appena arrivano i cuochi, entriamo anche noi e aspettiamo Bermudez per dargli il buongiorno –. Poi indicò José.

– Tu stai fuori a controllare che non arrivino altri compari del messicano o gli sbirri. Se c'è da sparare non metterti problemi, ammazza chi vuoi, ma dacci il tempo di uscire dal ristorante.

– Mi servirebbe un «kalash», per stare tranquillo. I serbi li vendono a mille euro.

– Ti accontenterai di tre pistole. Se non ti bastano, vuol dire che eravamo fregati fin dal principio.

Esteban era contrario a potenziare l'arsenale della banda con armi lunghe. Non voleva dare alle altre bande l'impressione di avere intenzioni aggressive. A Marsiglia si sparava già troppo.

Bruna e Pablo fecero un'ultima ricognizione notturna mescolandosi al giro del dopocena, tequila, mezcal e musica *ranchera*.

Bermudez, nella sua tenuta da ganzo di Tijuana, era tranquillo. Si occupò della cassa e trattò affari di droga.

Marsiglia si svegliò con la notizia che, durante la notte, gli uomini della Dcri avevano arrestato sei curdi accusati di finanziare le attività terroristiche del Pkk. Un altro colpo messo a segno dal governo a caccia di popolarità. I particolari sarebbero stati resi noti nel corso della solita pomposa conferenza stampa che avrebbe mobilitato giornali ed emittenti locali e nazionali.

– Agiremo stasera, – annunciò il tenente Vinogradova, partendo dal presupposto che qualsiasi cosa fosse accaduta durante l'operazione non avrebbe avuto quella risonanza mediatica, anzi, avrebbero fatto di tutto per insabbiare la faccenda. Gli stati non gradivano mettere in piazza le violazioni della propria sovranità.

Dalla radio della palestra, Peskov venne a sapere dei curdi che evaporarono dalla sua mente un attimo dopo.

B.B. catalogò la notizia alla voce «stronzate».

Garrincha la ignorò totalmente. Manco sapeva dove si trovava il Kurdistan, e poi aveva altro da fare quella mattina.

Hernán e Valentín, prima di diventare i cuochi del *Zócalo*, avevano trafficato in armi e cocaina ed erano stati a lungo ospiti delle patrie galere. Anche Concepción, detta Concha, la donna delle pulizie, non era uno stinco di santo. Nessuno dei tre rimase particolarmente impressionato dalla minaccia delle pistole puntate. La donna si limitò a far notare che il padrone doveva ancora arrivare. Gli uomini rimasero in silenzio a fissare i loro aggressori con la stessa intensità che avrebbero dedicato a un muro.

Solo Garrincha si rese conto di quanto potevano essere pericolosi. Sprecò il fiato giusto per non dover scoprire che si era sbagliato. – Dov'è la roba? – chiese in spagnolo.

Nessuna risposta. – Giratevi faccia al muro, – ordinò.

I cuochi e la donna si voltarono lentamente. Chissà che cazzo gli passava per la testa. Coglioni come il loro padrone. Il paraguaiano perse la pazienza e fece segno ai suoi uomini di tirare il grilletto.

Pablo e Cerdolito infilarono le canne delle pistole dentro bottiglie di plastica riempite di gommapiuma e tirarono il grilletto. I silenziatori rudimentali andarono in pezzi ma gli spari furono attutiti e nessuno li udí. Dopo essere rimasto assordato nell'ascensore, Esteban aveva deciso di cautelarsi contro le detonazioni.

Valentín rantolava e Bruna doveva ancora sporcarsi le mani di sangue. – Non serve sprecare una pallottola.

La ragazza afferrò un coltello da macellaio e si avvicinò, indecisa sul punto da colpire.

– *Puta*, – soffiò il messicano.

La ragazza, offesa, gli conficcò la lama nel petto. Cerdolito rimase di guardia alla porta, mentre gli altri si precipitarono nel magazzino a caccia della droga. Tutto quello che serviva al ristorante era accuratamente stipato in apposite scaffalature. Garrincha diede un'occhiata alle casse della birra e puntò dritto alla cella frigorifera che occupava una mezza parete. Niente da fare. Solo polli e quarti di bue.

– Da qualche parte dev'essere, – ragionò a voce alta il paraguaiano. – Tirate giú tutto.

Fu il gigante scemo a trovarla. La forza impressa nel buttare a terra una cassa di pelati aveva fatto avanzare di qualche centimetro una sezione di scaffalatura e la parte di parete corrispondente. Bastò tirare per trovarsi di fronte a una nicchia ricavata da un vecchio caminetto, che era stato ripulito e nascosto con una lastra di cartongesso. L'odore della coca, mescolato a quello della mota, era nauseabondo.

– Sembra uno dei carichi sequestrati dagli sbirri nelle navi, – sussurrò Pablo incredulo. – Tanta roba cosí si vede solo alla televisione.

– Imparate. Questo è vero professionismo, – esclamò Garrincha ammirato. – Bermudez rimane un coglione, ma tanto di cappello.

Il messicano arrivò un'ora piú tardi, impiegata dalla banda a svuotare il deposito e preparare la droga per il trasporto. Quando entrò si trovò una pistola puntata alla nuca. Cerdolito gli diede una spinta e lo costrinse a precederlo in cucina, dove Pablo lo perquisí. Era pulito. Il cellulare si frantumò sotto il tacco di Bruna.

Nemmeno lui era particolarmente impressionato dalle pistole, diede un'occhiata distratta ai cadaveri. 'Sti cazzo di messicani erano vere pellacce.

– Stai facendo un grosso errore, Juan Santucho.

Il paraguaiano gli fece il verso. – Stai facendo un grosso errore, bla bla bla. Sei un uomo morto, bla bla bla.

Bruna scoppiò a ridere imitata da Cerdolito. Pablo rimase serio, dandosi arie da vice.

Bermudez continuò a fissarlo dritto negli occhi. – Tu pensi che io sia solo? Che non abbia le spalle coperte? Pensi davvero di riuscire a rimanere vivo? Che questi tre morti di fame riescano a difenderti?

Garrincha sospirò. – Fai un sacco di domande, Xavier.

– Cerco di farti ragionare.

– Sei tu che ragioni male.

– Non ti dico dov'è la roba.

Il paraguaiano gli rivolse un sorriso perfido e gli fece cenno di seguirlo. – Potremmo però giocare a fuoco, fuochino, focherello… potrebbe essere divertente, non credi?

Quando vide il nascondiglio svuotato, il messicano sbiancò e crollò sulle ginocchia. – Penseranno che sono stato io, – balbettò. – Uccideranno tutta la mia famiglia.

Garrincha gli afferrò il mento e avvicinò la bocca al suo orecchio perché nessuno sentisse. – Pensavi di avere il cazzo piú lungo del mio e ti sei pure scopato la mia donna. Invece sono io che ti ho fottuto. Ricordatelo all'inferno, *hijo de puta*: io mi chiamo Esteban Garrincha, – sussurrò prima di passargli una corda intorno al collo, piantargli un ginocchio tra le scapole e tirare con tutte le forze.

Bermudez scalciò ma non si difese piú di tanto. La sua morte poteva salvare i suoi cari. Ma si trattava di un ragionamento sbagliato. Non teneva conto della strategia del paraguaiano. Garrincha prevedeva l'occultamento del cadavere per far credere all'organizzazione che Bermudez era fuggito con tutto il deposito.

Bruna era un po' delusa. Forse si aspettava maggiori emozioni dalla sua prima azione criminale violenta. – Non gli hai chiesto dei soldi.

– Qui non ce ne sono. La regola è tenerli separati.

La ragazza alzò le spalle e lui ordinò a Cerdolito e a Pablo di avvolgere il cadavere in un telone e di infilarlo nel bagagliaio. Prese lo Stetson di cui Bermudez andava tanto fiero e lo appoggiò nel caminetto prima di rimettere a posto la scaffalatura.

Una volta caricata la droga appiccarono il fuoco e si allontanarono con tutta calma. Il cervello di Garrincha era un vulcano di pensieri. E di calcoli. In quel periodo a Marsiglia un grammo di coca costava tra i quaranta e i sessanta euro. Lui ora ne aveva un centinaio di chili. Tagliandola senza esagerare e vendendola al prezzo piú basso, si sarebbe intascato una fortuna. Peccato doverla dividere. Un vero peccato…

Il corpo di Bermudez finí in fondo al mare e il bagagliaio diventò la sua tomba. L'altra auto venne abbandonata nei pressi della stazione della metropolitana di Baille. La droga, invece, sistemata nell'armadio della vecchia casa di Bruna. Nessuno ne conosceva l'ubicazione, era lontana dal Tredicesimo, poteva ragionevolmente definirsi un rifugio sicuro. Ora si trattava di trovare qualcosa di meglio. E Garrincha un'idea ben chiara ancora non l'aveva. Non ci aveva pensato per scaramanzia.

Mandò i suoi a spacciare e a reclutare i ragazzini che lavoravano per Bermudez. Era un mestiere dove le uniche ferie erano quelle obbligatorie della detenzione, e poi era salutare farsi vedere in giro dopo aver fatto fuori un po' di messicani legati al narcotraffico.

Lui e Bruna si meritavano una buona dose di relax. Lei si era già sniffata diverse righe, lui invece la usò per innevare il glande. Voleva scopare fino a svenire.

– Fammi vedere le farfalle, – disse pregustando i tatuaggi sulle chiappe.

Lei si girò e avvicinò al letto il tavolino con le righe già pronte. Poteva tornare utile averle a portata di mano. Durante, dopo… Incontrare quel tamarro sudamericano era stato l'affare della sua vita. Bisognava solo capire come sganciarsi con la giusta liquidazione. Ovviamente non era l'ambiente adatto per presentare una lettera di dimissioni, ma qualcosa si poteva sempre inventare. O meglio, si doveva, perché Juan era pericoloso, infido. Si era sbellicata dalle risate quando Rosario era stata degradata a puttana destinata alla truppa, ma non ci aveva messo molto a capire che quello era il metodo Santucho per liberarsi delle donne di cui si era stancato.

Lo sentiva muoversi dentro di sé con foga, ansimare con le mani avvinghiate al suo culo. Si rassegnò a una lunga attesa, con tutta la coca che si era spalmato sulla cappella sarebbe crollato dalla stanchezza prima di godere.

Fu Félix Barret, il suo contatto all'Ocrtis, ad avvertire il commissario Bourdet della strage a *El Zócalo*.

– Sicuro che siano stati assassinati? – aveva chiesto la donna.

– A colpi di pistola e di coltello. Il fuoco è stato appiccato in un secondo momento.

Arrivo.

– B.B.?

– Che c'è?

– Il patto era di tenere lontani i *latinos* dalla guerra dei territori.

– Una spiegazione c'è di sicuro. La situazione è sotto controllo.

Aveva preso dal bagagliaio gli stivali di gomma che portava sempre con sé, perché spesso cadaveri e stupefacenti si trovavano in posti poco adatti ai tacchi delle signore, e aveva superato il cordone di protezione della scena del delitto. A terra una melma di cenere e acqua sparata dagli idranti dei pompieri. I cadaveri erano addossati a una parete della cucina.

Il medico legale aveva già terminato l'ispezione sommaria e si stava togliendo i guanti di lattice.

Anticipò le domande della Bourdet. – Una donna e due uomini sui quaranta-quarantacinque anni. Colpi d'arma da fuoco 9 millimetri e .45 alla schiena, uno è stato finito con una coltellata al petto. Saprò essere piú preciso dopo l'autopsia.

La donna ringraziò e allungò il collo per osservare i cadaveri illuminati dalle fotoelettriche. Poi cercò il collega che l'aveva avvertita. Era fuori al telefono col procuratore. Attese che finisse accendendo una sigaretta, ma la buttò via. L'odore acre dell'incendio era ancora troppo forte.

– Manca il corpo di Bermudez, il proprietario, nonché rappresentante a Marsiglia del cartello del Golfo, – disse B.B.

– Già, non lo si trova da nessuna parte.

Per scrupolo chiamò Brainard, che le confermò la scomparsa del messicano.

– E noi ne approfittiamo per chiudere subito il caso, – disse a Barret. – Lo accusiamo di omicidio e incendio e diramiamo il solito bollettino di ricerca.

Il poliziotto della narcotici le indicò il locale. – E tu ci credi che sia stato lui?

– No, – rispose B.B. con sincerità. – Ma la storiella reggerà con la stampa e questo accontenterà i pezzi grossi.

– E tu cosa farai?

– Scoprirò chi è stato.

Ma lo sapeva già. Si mise nuovamente in contatto con i suoi uomini.

– Abbiamo torchiato uno dei galoppini di Bermudez, – raccontò Tarpin. – Sono già stati avvertiti che lavoreranno per Santucho. Anzi, «don» Santucho. È stato lui, capo, non ci sono dubbi.

Il commissario non era affatto di buonumore. Non aveva bisogno di quel casino. In quel momento avrebbe voluto dedicarsi ai russi e indagare sui nuovi crimini della cricca Bremond. Fissò un appuntamento notturno con «don» Santucho.

Qualche ora piú tardi, mentre lo attendeva in un parcheggio poco lontano dal Tredicesimo, pensò che il paraguaiano aveva troppe qualità per fare il servo fedele. Doveva aspettarsi che tentasse di fregarla. Però, del resto, le era utile. Con lui aveva raggiunto risultati insperati, e sistemare i messicani era uno degli obiettivi della sua strategia contro i narcotrafficanti *latinos*. Certo, non poteva permettere che Santucho li eliminasse fisicamente. Il loro destino era una cella alle Baumettes. Notò un movimento nello specchietto laterale. Era lui che si avvicinava a piedi. B.B. non aveva ancora maturato una decisione. Per una volta avrebbe improvvisato.

Garrincha alias Santucho aprí la portiera della vecchia Peugeot. – Buonasera, madame, – salutò in tono cauto.

– Lo so che sei stato tu, – disse a bruciapelo. – E se osi raccontarmi la favoletta di Bermudez fuggito con la roba e i soldi, ti consegno agli ispettori per un trattamento speciale.

Esteban si irrigidí ma si guardò bene dal ribattere. La Bourdet alzò il volume. Johnny Halliday stava pizzicando le prime note di *La douceur de vivre*. L'ascoltò per intero, lo sguardo fisso davanti a sé, le mani sul volante.

– Se metti in circolazione la roba di Bermudez, i suoi compari ti faranno a pezzetti con una sega elettrica, e non puoi ancora morire, Juan, – mormorò in tono duro. – Ti terrò d'occhio. Una sola caccola di mota messicana e sarò io a ritirarti dal mercato.

Don Santucho allungò una mano e prese una sigaretta dal pacchetto sul cruscotto. Gli piaceva fumare quelle della poliziotta. Era un modo per non sentirsi completamente schiacciato dal potere che aveva sulla sua vita. Il tempo di godersi la prima boccata e ragionò che se il commissario aveva capito tutto, tanto valeva fingere di giocare allo scoperto.

– Sono venti chili di coca e altrettanti di mota, – mentí. – Lasciamo passare un po' di tempo, ma il giorno che li metto su piazza divento il numero uno e lei avrà il controllo completo del giro dei *latinos*.

Ora toccò a B.B. cacciare una balla. – Per questa volta lascio perdere, ma basta morti e sarò io a dirti quando potrai iniziare a smerciare la roba.

Il trafficante scivolò fuori. Al commissario sembrò di essersi liberata di un ratto.

«Don» Santucho continuava a insultare la sua intelligenza e non avrebbe ubbidito. Si rese conto che il suo destino non sarebbe potuto essere il carcere. L'avrebbe trascinata a fondo con sé, cantando come un uccellino.

– Peggio per te, stronzo! – sentenziò dando una manata al volante.

Certe notti non finivano mai. Lo sapevano bene i medici in pronto soccorso e gli sbirri. Uno pensava di aver chiuso, e invece capitava qualcosa che lo costringeva a continuare a sbattersi come un dannato.

B.B. pensò esattamente questo quando vide Ange scendere da un'auto. Aveva appena iniziato a digitare il codice che apriva il portone di casa, ma la mano tornò veloce nella borsa a stringere il calcio della pistola.

– Che ci fai qui a quest'ora della notte?

– Armand le vuole parlare.

Lasciò andare l'arma e tirò fuori le sigarette. – A quest'ora il ristorante è chiuso, e poi decido io quando voglio incontrarlo.

– Armand non è al ristorante. Mi ha detto di pregarla di fare un'eccezione. È importante.

– Cos'è successo, Ange?

Il volto del corso rimase impassibile. Toccava al suo capo spiegare.

– D'accordo. Ti seguo, – si arrese la Bourdet.

Impiegarono una ventina di minuti a raggiungere il quartiere di Saint-Barnabé. La città, nonostante l'ora, non era del tutto deserta. Marsiglia lo era raramente. Quello era un novembre strano, umido ma non rigido. La gente era irrequieta. Forse per questo qualcuno tardava ad andare a dormire.

Accostarono di fronte a una saracinesca aperta a metà e guardata a vista da due scagnozzi di Grisoni che indossavano lunghi impermeabili. La poliziotta non ebbe bisogno di immaginare cosa nascondessero. Ange le fece strada. Abbassandosi, B.B. lesse la targa dell'agenzia matrimoniale.

«Mi sa che me la compro anch'io una russa da compagnia», pensò.

Dentro trovò altri uomini di Armand, armati di mitragliette e fucili a pompa, che finsero di non accorgersi della sua presenza. Lei fece altrettanto e iniziò a incamerare particolari. L'entrata era tappezzata di foto di giovani donne e di scene di matrimoni. Tutto era buttato all'aria, scrivanie, sedie. Il pavimento era ingombro di carte, opuscoli, schede personali.

Seguí Ange nel retro, una grande stanza dove Armand Grisoni stava parlando con altri due uomini armati. Un tavolino era stato raddrizzato per ospitare un portatile. Il commissario notò tracce di sangue e di vomito a terra e sui muri. Macchie e schizzi.

– Cos'è successo qui? – domandò.

Grisoni si voltò e le rivolse un sorriso stanco. – Grazie di essere venuta.

– Non mi hai risposto, – ringhiò. – Non dovrei trovarmi in un posto pieno di pregiudicati armati.

Armand indicò il computer. Sullo schermo appariva un'immagine sfocata.

– Ti chiedo solo di vedere questo video.

Ange si affrettò a raccogliere una sedia e invitare il commissario Bourdet a sedersi.

Lei scosse la testa. – Non voglio vedere una sola immagine se prima non mi spieghi che cazzo c'entri tu con un'agenzia matrimoniale in cui qualcuno si è fatto molto male.

– Questo posto è mio, – spiegò. – L'avevo affittato a una coppia di moldavi che vendeva armi all'ingrosso. Portavano la merce fino a qui via terra e poi la imbarcavano per il Maghreb. Mi pagavano profumatamente per avere la mia benedizione e il permesso di usare il porto.

– Sei impazzito, Armand? Quelle armi finiscono nelle mani di islamici fuori di testa. Rischi di ritrovarti contro i nostri servizi. E quelli hanno brutte abitudini...

Il vecchio gangster fece una smorfia. – Ti sbagli. Sono stati i ragazzi della Dgse[1] a propormi l'affare. Lo sai che hanno un modo tutto loro di difendere gli interessi della Repubblica.

– E allora rivolgiti ai servizi. Non ne voglio sapere di questa storia.

– Sono stati loro ad avvertirmi di quanto era accaduto, – spiegò. – Per loro l'operazione non è mai esistita, e tutta la faccenda è rimasta sul mio groppone perché, come ti ho già detto, questo negozio è riconducibile al sottoscritto.

– Ti facevo piú furbo, Armand.

Allargò le braccia. – Pensavo di avere il culo coperto, con i nostri servizi alle spalle.

– Da dove provengono le immagini?

Armand Grisoni indicò la stanza con un gesto circolare. – Una telecamera ben nascosta... tranquilla, B.B., ora è disattivata.

Il gangster diede avvio alla visione. Immagini in bianco e nero di Natalia Balàn e Dan Ghilascu che entravano nella stanza camminando all'indietro sotto la minaccia delle pistole silenziate, impugnate da due donne e un uomo.

---

[1] Direction Générale de la Sécurité Extérieure.

La poliziotta afferrò il mouse e cliccò su pausa.

– Che succede? – chiese Armand.

– Come mai non c'è il sonoro? – domandò, ma era una scusa. In realtà era stata travolta da un'ondata di sentimenti contrastanti quando aveva riconosciuto le due russe della Dromos, e aveva sentito il bisogno di riprendere fiato.

– Le microspie le hanno trovate subito, – rispose Ange. – Bonificavano di continuo. La telecamera, invece, era nascosta troppo bene.

La donna, d'istinto, alzò lo sguardo verso la zona in cui doveva necessariamente essere e non la individuò.

Le immagini ripresero a scorrere. Un interrogatorio in piena regola. Scene di tortura. La socia di Bocconcino era una sadica piena di fantasia. Il commissario ringraziò il cielo che le fosse stato risparmiato l'audio.

– Va avanti cosí per un pezzo, – disse Grisoni, trascinando il cursore verso la fine del filmato.

Ghilascu era morto, disteso a terra, nudo, pieno di ferite e bruciature. La donna ancora viva, in ginocchio, nuda, sanguinante. La russa che conduceva l'interrogatorio la teneva per i capelli e le accarezzava il volto. Sembrava che ora volesse rassicurarla.

– Ha parlato, – commentò B.B.

Bocconcino si era avvicinata, aveva appoggiato la bocca del silenziatore alla fronte di Natalia Balàn e fatto fuoco. La nuca era esplosa e la donna si era afflosciata a terra. L'uomo era arrivato con due teli in cui avevano avvolto i cadaveri. Si muovevano con addestrata sicurezza. Si erano trattenuti ancora un paio di minuti a perquisire la stanza, che poi avevano lasciato vuota e innocua.

– Cosa vuoi da me? – chiese la Bourdet.

– Sei l'unica che mi può aiutare a trovarli, – rispose. – Sempre se sono rimasti a Marsiglia.

– Per ammazzarli.

– Ovvio. Questa storia deve finire con le pulizie genera-
li, altrimenti gli sviluppi possono diventare imprevedibili.

Il commissario si concesse una sigaretta. – E magari se non
punisci i responsabili, gli amichetti dei due moldavi potrebbero offendersi e usare le armi che vendono per farti la pelle.

– È una possibilità, – ammise Grisoni. – Lo vedi, B.B.,
che ho bisogno di trovarli?

La poliziotta era scossa, turbata, schifata dalle immagini
che era stata costretta a vedere, ma non abbastanza da spif-
ferare ad Armand Grisoni che conosceva le due russe e sapeva dove trovarle. Aveva bisogno di capire cosa c'entrassero quelle due con un imprenditore russo, tale Aleksandr
Peskov, a sua volta legato alla cricca Bremond. Aiutare il
vecchio gangster in quella impresa significava rischiare la galera, non soltanto la carriera, e valeva la pena rischiare tanto solo se riusciva a trovare il modo di regolare i conti con
l'onorevole e i suoi amichetti.

– E allora? – la sollecitò Armand.

B.B. sospirò. – Se sono ancora in zona li troverò, ma i ragazzi della Dgse non devono sapere del mio coinvolgimento.

Grisoni estrasse il Dvd dal computer e glielo porse.

– Grazie, B.B.

Erano quasi le sei e mezzo del mattino quando la poliziotta risalí in macchina. Si diresse verso il bar di un quartiere
vicino, dove le puttane andavano a fare colazione dopo aver
battuto le strade tutta la notte. Erano una decina attorno a
un paio di tavoli fra tazze, croissant, borse e cappotti ammucchiati. Volti stanchi, tirati, trucchi sbavati, capelli spet-
tinati, odore di umanità, sudore e profumi a buon mercato,
mescolati a quello dolciastro dei lubrificanti dei preservativi
e a quello acre del tabacco. Alcune la conoscevano, ma erano
troppo stanche per sorridere.

B.B. si sedette al bancone e ordinò un espresso. Adocchiò una nuova che succhiava un caffellatte con la cannuccia. Era giovane, e dall'aspetto doveva arrivare dall'Est. Le fece segno di avvicinarsi. La ragazza si alzò malvolentieri e la raggiunse strascicando i piedi.

– Cosa fai adesso? – chiese la Bourdet.

– Vado a dormire, – rispose l'altra in un francese incerto.

– Potremmo dormire assieme.

La ragazza era indecisa e si voltò a guardare un paio di tizi che stavano seguendo la scena da un tavolo vicino all'uscita. Uno magro ed elegante e uno grosso vestito di cuoio. Come da manuale: il pappone e il suo gorilla. Il primo diede di gomito al secondo che si alzò sbuffando

– Cosa sei? – domandò alla Bourdet in tono provocatorio. – Un'assistente sociale? Una dama di carità? Una leccafiche fuori orario?

Le puttane scoppiarono a ridere. L'uomo si girò e si rese conto dai gesti di avvertimento delle puttane che stava rompendo i coglioni a una poliziotta.

– Cazzo, scusa, ma sembri mia zia, – si giustificò.

– Sparisci, idiota, – intimò la Bourdet. – Non vedi che sto parlando con la signorina?

L'uomo obbedí e furono di nuovo sole.

– Mi piacerebbe stare con te, – disse B.B. in tono dolce. – Ma se hai altri programmi o non ti fa piacere, non insisto.

La ragazza alzò le spalle. B.B. decise di lasciar perdere.

– Certo che non hai piú il gusto di una volta in fatto di gattine, – protestò una con i capelli rosso tiziano, alzandosi e dandosi una manata sul culo. – Vuoi mettere una vera bellezza delle foci del Rodano con una gallina che viene da chissà dove?

La conosceva. Si chiamava Ninette ed era vicina ai quaranta.

– Pensavo che certe bellezze locali non avessero piú il fisico, – ribatté sorridendo.

– Ma se sono fresca come una rosa, – disse la rossa, scatenando l'ilarità delle colleghe.

Prese borsa e cappotto e si avvicinò alla poliziotta. – Basta che non mi porti in una topaia. Ho fatto il pieno stanotte.

– Casa mia va bene?

Si addormentarono abbracciate e si svegliarono nel primo pomeriggio. Uno spuntino e un po' di sesso molto tranquillo. Fu Ninette a insistere. Poi un lungo bagno tra chiacchiere e qualche risata.

B.B. le chiamò un taxi e pagò, come sempre, tariffa doppia. Quando riaccese il cellulare e invitò i suoi uomini a mangiare la pizza aveva già un piano preciso in mente. «Pizza», nel loro codice, indicava un'operazione illegale che poteva costare la galera. Ognuno era libero di decidere se presentarsi all'appuntamento. Nessuno dei suoi ispettori aveva mai fatto un passo indietro, ed era certa che non sarebbe accaduto nemmeno adesso.

Si ritrovarono da *Chez Maria* in boulevard Leccia. Il commissario Bourdet fu rapida e concisa. Adrien Brainard ghignò soddisfatto, imitato dagli altri due.

– Questa è la volta buona, capo, – disse Baptiste Tarpin versandosi una dose generosa di vino rosso.

– Gli rompiamo il culo, capo, – aggiunse Gérard Delpech.

– Forse. Non montiamoci la testa, – si raccomandò il commissario prima di cambiare discorso. – Ho letto i giornali. La storia dei curdi sospettati di terrorismo ha fatto passare in secondo piano l'ammazzamento dei messicani.

– Questa volta i giornali non possono scatenarsi sulla guerra dei territori, – commentò Tarpin. – E poi tre messicani clandestini non interessano a nessuno.

Sette

Mairam Nazirova era spaventata. Credeva di essere assuefatta alla tensione continua della clandestinità, ma non era mai riuscita a sentirsi al sicuro a Marsiglia. E ora che i transnistriani non si erano più fatti sentire, era certa di trovarsi in pericolo.

L'istinto di sopravvivenza che le aveva permesso di fuggire da Groznyj e poi da Mosca le suggeriva di imbarcarsi per il Marocco. La paura, di uscire subito dal suo rifugio e non farvi più ritorno. Mounir Danine le aveva garantito che il quartiere era controllato da una rete di solidarietà salafita che avrebbe vegliato su di lei. Chiacchiere per farla stare tranquilla. In quell'operazione la sua utilità era limitata nel tempo. Dopo le armi sarebbero arrivati dodici giovani ceceni da addestrare e da inviare in una delle numerose zone di guerra dell'area, e lei sarebbe tornata a essere una donna e basta. Quello era il prezzo che doveva pagare per la salvezza del suo popolo. Ghilascu e Natalia Balàn, nonostante condividessero l'odio per gli invasori russi, si erano fatti pagare profumatamente, ma fino a quel momento erano stati puntuali. Mairam prese il cellulare e chiamò un numero usato solo per quell'operazione. Squillò a vuoto fino a quando non scattò la segreteria telefonica.

Il piano prevedeva la partenza dei guerriglieri ceceni da Galați, a bordo di due furgoni di un'agenzia di viaggi romena, una delle tante che trasportavano emigrati in giro per l'Europa. Una tappa in Italia, e dopo Marsiglia. I transnistriani avevano chiamato per avvertirla che sua «nipote» era partita, poi il silenzio.

Per la Nazirova questa sarebbe stata l'ultima missione all'estero, dopodiché sarebbe ritornata in Cecenia. Era sempre piú convinta che la resistenza dovesse cambiare strategia, ma aveva grosse difficoltà a farsi ascoltare. Le vedove erano destinate al martirio piuttosto che alla dirigenza politica.

Decise di andare a prendere qualcosa da mangiare in una delle botteghe di quartiere che rimanevano aperte fino a tardi. Piú che altro aveva bisogno di uscire da quel monolocale squallido e soffocante. Si guardò allo specchio, passò un dito sottile da pianista sulle rughe che raccontavano una vita piegata dal destino. «Sembro una vecchia», pensò, prima di coprirsi la testa con il ḥijāb.

Il vento che spirava da nordovest l'investí appena fuori dal portone, ma nonostante avesse una certa forza non incideva sulla temperatura. Era un autunno strano, non riusciva a trovare la via del freddo. Anche a Groznyj. Ogni giorno controllava le previsioni, e quella sera c'erano appena tre gradi di differenza con Marsiglia.

Quante volte le avevano detto di non camminare troppo vicina alle auto. E quante volte lo aveva ripetuto lei stessa ad altri resistenti. Il portellone laterale di un furgone si spalancò e braccia robuste l'afferrarono e la risucchiarono all'interno. Mairam venne schiacciata sul fondo di metallo e l'ago di una siringa si conficcò nel suo collo, narcotizzandola all'istante. Una manciata di secondi e il mezzo si stava già allontanando.

Ulita non riusciva a credere di aver catturato la Nazirova. Non era stato poi cosí difficile individuare la zona e poi la casa in cui si nascondeva. L'elettronica e la preparazione dell'agente Georgij Lavrov avevano permesso di svelare i segreti dei computer e dei cellulari sottratti ai defunti transnistriani. Natalia Balàn aveva confessato che comunicavano attraverso il telefono, e all'inizio la Vinogradova era convinta che stesse mentendo, perché non le sembrava possibile che usassero sistemi di comunicazione cosí poco sicuri. La tecnologia offriva di meglio e a quei delinquenti il denaro non mancava. Invece Kalisa le assicurò che la transnistriana diceva la verità. Ormai aveva ceduto al dolore e avrebbe raccontato qualsiasi cosa.

Comunicò al generale Vorilov la cattura della cecena. Il suo superiore, intrattabile in quei giorni per i pessimi risultati elettorali che rendevano instabile la situazione e indebolivano il potere del premier, ritrovò il buonumore. Impartí un ordine a cui la Vinogradova aveva già provveduto: organizzare il trasferimento di Mairam Nazirova in Russia.

Poi tornò a occuparsi delle proteste popolari in corso nelle piazze della capitale. «Russia, Russia», gridavano i manifestanti agitando cartelli con la foto dell'uomo politico sbagliato.

Il furgone guidato da Ulita si diresse verso la stessa spiaggia di Saintes-Maries-de-la-Mer dove erano sbarcati gli agenti di rinforzo. Un paio d'ore piú tardi arrivò un gommone che prese a bordo la terrorista. Si sarebbe svegliata nella cabina di un finto peschereccio di ritorno in patria. Lí sarebbe stata rinchiusa in una prigione segreta e interrogata con tutta calma prima di essere esibita in pubblico come un trofeo.

Ulita era fuori di sé dalla gioia. La nomina a capitano ormai era cosa fatta e i risultati ottenuti l'avrebbero resa indispensabile a Marsiglia. Decise di concedersi un premio e tornando verso Saint-Barnabé si fece lasciare a una stazione di taxi. Un assonnato conducente la depositò sotto casa di Aleksandr Peskov, il quale avrebbe preferito continuare a dormire ma dovette arrendersi al potere e all'irruenza del tenente dell'Fsb.

L'ispettore Delpech, che stava sorvegliando l'abitazione, svegliò la Bourdet.

– È arrivata la russa, capo. Che faccio?

– Torna a casa a dormire, Gérard, – rispose B.B. allungando la mano verso il pacchetto di sigarette.

Aspirò con voluttà. Anche il commissario era felice: Bocconcino non aveva lasciato la città.

Brainard fece il primo turno di fronte agli uffici della Dromos, poi toccò a Tarpin. La Bourdet stava pranzando nella brasserie quando le due russe arrivarono accompagnate da due connazionali. Ne riconobbe uno. Lo aveva visto nel video del massacro dell'agenzia Irina. Con cautela li immortalò con il cellulare. La qualità delle immagini era piú che sufficiente per l'uso che doveva farne. La poliziotta saltò il dessert. Lo avrebbe mangiato da Armand.

– Hai l'aria stanca, – disse Grisoni masticando un boccone di *bourride*.

– Quando non dormo si notano di piú le rughe e l'età.

– Hai lavorato per me?

B.B. fece una smorfia amara. – A quanto pare non solo per te ma anche per la Francia e per la Repubblica. Li ho trovati.

– Sei stata veloce.

– Sono la migliore –. Gli mostrò le foto rubate nella brasserie. – Però si fa a modo mio.

Il gangster bevve un sorso di bianco. – Che significa, B.B.?

– Che anch'io ho il mio tornaconto nella faccenda e ho bisogno che sincronizziamo gli orologi.

Armand non riuscí a reprimere un sorriso, che si trasformò in uno sghignazzo divertito. – Un'operazione congiunta con la polizia?

– Piú o meno, – rispose la donna, lasciandosi contagiare dal buonumore.

Arrivò il cameriere con un bicchiere di Sauternes e un piattino di biscotti del premiato Forno delle Navettes. La Bourdet ne prese uno e lo cacciò nel vino con un gesto goloso.

– Non hai mai imparato a stare a tavola, – la rimproverò bonariamente Grisoni. – I gusti fanno a pugni.

– Sei tu che non capisci un cazzo. Come tutti quelli che fingono di essere dei gourmet a Marsiglia. Come giri l'angolo ce n'è uno che ti vuole insegnare a mangiare e a bere.

– Io sono corso, – ribatté con orgoglio. – Noi il buon gusto l'abbiamo nel sangue.

– A proposito di sangue... – disse B.B. in tono serio. – Di' ad Ange di non sottovalutarli, altrimenti dovrai partecipare a diversi funerali.

– Ti ringrazio della premura. Farò in modo che nessuno dei miei si faccia male.

Lo fissò stupita. – Non hai piú l'età per certe cose, Armand, – sussurrò. – Da quanto tempo non tieni piú in mano una *tabanca*?

La poliziotta usò volutamente un termine gergale turco per ricordargli l'ultimo omicidio che aveva commesso di persona. Il tizio si chiamava Ebru Korkmaz e aveva oltrepassato i limiti. Era stata proprio il commissario Bourdet a indagare e non aveva trovato prove. Però era certa che fosse stato Grisoni.

– Ti rode ancora?

– No. Era giusto per dare un senso al tempo che passa. Un giorno ti svegli e scopri che non sei piú quello di prima. Tutto qui.

– Sono il capo. Tocca a me.

La poliziotta alzò le mani in gesto di resa. – Non farmi stare in pensiero.

– Nemmeno tu, – disse il gangster. – Sarei curioso di sapere quale sarebbe il tornaconto a cui hai accennato.

B.B. arricciò le labbra. – Certe cose non si chiedono a una signora.

Grisoni annuí pensoso. Non sopportava i misteri altrui. – Quando e a che ora?

Il commissario scrisse un indirizzo sul tovagliolo. Una grafia ampia, decisa come quella di un giudice di altri tempi che comminava il massimo della pena.

– Dopodomani mattina. All'apertura, – tagliò corto. – Ti avverto io.

– Mi rendi le cose difficili.

– Ho già fatto l'impossibile per te, Armand.

I russi lasciarono l'ufficio a bordo di un'automobile e come al solito seminarono i poliziotti. Non c'era verso di trovare il rifugio dove vivevano e trascorrevano la notte. B.B. era certa che li avrebbero seminati, ma non era per questo che aveva fornito a Grisoni l'indirizzo della Dromos. In realtà quello che le interessava era avere il tempo di occuparsi del suo obiettivo: Aleksandr Peskov. Se avesse avuto piú uomini a disposizione avrebbe pizzicato volentieri anche l'indiano, mister Banerjee, ma doveva accontentarsi.

Fissò un appuntamento con Juan Santucho. Lo spacciatore arrivò con una Mustang nera nuova di zecca. Scese e si avvicinò alla vecchia Peugeot con l'aria di uno che aveva capito tutto della vita.

– Vale cinquantamila euro questa bagnarola, – commentò il commissario.

– Non mi è costata nulla, – ribatté l'uomo. – L'ho pagata con la coca di Bermudez.

– Sei proprio un idiota, – sbottò la Bourdet. – Stai facendo di tutto per farti scoprire dai messicani.

– Quelli stanno a casa loro. Ne hanno talmente tanta di coca che non si disturberanno a cercare chi l'ha fregata.

La poliziotta respirò a fondo. Aveva voglia di afferrare la pistola nella borsa e sbattergli in faccia l'acciaio brunito fino a ridurgli il naso in poltiglia. Invece si dovette accontentare di una sigaretta che fumò in silenzio, come se accanto a lei non fosse seduto nessuno.

Garrincha la lasciò fare. Si concentrò sul culo delle passanti dando un voto a ognuno.

– Dovrai fare un lavoro per me, – disse a un tratto B.B., e nei successivi cinque minuti gli spiegò tutto nei minimi particolari.

– Sono un po' confuso, madame, – borbottò il sudamericano.

– Ti è sfuggito qualcosa?

– No. Ma non capisco perché devo farlo io. Mi sembra pericoloso e ho l'impressione che se succede qualcosa la merda pioverà dal cielo dritto sulla mia testa.

Lampi di rabbia offuscarono per un attimo la vista del commissario, che strinse forte il volante. – A quest'ora dovresti essere alle Baumettes a farti vent'anni di galera, – gli ricordò con voce tagliente. – Tu fai quello che dico, «don» Juan.

– D'accordo, madame.

– E ora vattene.

Lo spacciatore non si mosse. – Ho pensato una cosa e volevo discuterne con lei.

– A che riguardo?

– La *chasse au dragon...*

B.B. si irrigidí. Quello era il termine con cui si indicava l'inalazione dell'eroina. Un foglio d'alluminio, un po' di polvere e un accendino.

– E allora?

– Sta tornando di moda e ne arrivano discrete quantità, – rispose accalorandosi. – Viaggia sugli ottanta euro al grammo e...

Santucho non terminò la frase. Questa volta la poliziotta aveva perso la pazienza sul serio e gli aveva puntato la pistola alla tempia.

– Non mi sembra il caso di agitarsi in questo modo, – disse Juan.

Per tutta risposta lei sollevò il cane dell'arma. Il rumore di molle e acciaio invase l'abitacolo. – A Marsiglia ci sono seimila tossicomani schedati e non ne voglio uno solo di piú, – ringhiò esasperata. – Se scopro che hai venduto una sola bustina di eroina, io ti faccio un buco in questa cazzo di testa.

Garrincha scivolò fuori dall'auto. Madame era pazza. Era proprio vero che non capiva nulla e non aveva il benché minimo spirito imprenditoriale. L'eroina era il futuro. La gente era sempre piú povera e sfigata e la *chasse au dragon* scacciava tutti i brutti pensieri. Alzò le spalle. Lui, il suo piano per dire addio a Marsiglia lo aveva già. Avrebbe preferito rimanere al sicuro nel Tredicesimo invece di dover portare a termine il nuovo incarico che gli aveva imposto la Bourdet. Aveva provato a suggerire che se ne potevano occupare i suoi ragazzi, ma non c'era stato niente da fare.

«Hai già dimostrato di essere il migliore in questo campo», aveva detto il commissario.

Era vero, ma Garrincha aveva subodorato che lo stava usando per un'operazione illegale diversa dal solito, molto probabilmente lontana anni luce dal narcotraffico.

Accese il motore potente e docile della Mustang. Che macchina! Decise di ingannare il tempo andando a caccia di una nuova donna. Per la manicure aveva provato un salone di bellezza in boulevard Michelet, dove aveva notato una bionda naturale che non aveva smesso di fargli gli occhi dolci. I suoi lunghi capelli color del grano avrebbero fatto la loro bella figura mollemente adagiati su quei sedili di pelle nera.

«Stai diventando un poeta», si complimentò con sé stesso.

Aleksandr Peskov salí sul taxi, bofonchiando un saluto. Era stanco. Aveva lavorato fino a tardi con Sunil sul progetto dei cavi sottomarini. Si erano resi conto che oltre a essere un'ottima copertura l'affare era in grado di offrire ampi margini di guadagno. Al punto che il russo si era chiesto se valeva davvero la pena portare avanti il progetto del traffico di organi.

L'amico era stato categorico. «Abbiamo studiato sodo e a lungo per capire che è la velocità con cui il crimine si trasforma in denaro a determinarne la convenienza. E la clinica corrisponde perfettamente ai parametri. Per ora, ovviamente. Ci mettiamo un attimo a chiudere».

Già. E quando un affare illegale non era piú conveniente, era la velocità con cui lo si abbandonava a rendere le perdite risibili. Dromos. Corsa, in greco antico. Il crimine era un buon affare solo se correva alla velocità imposta dall'economia. Domanda, offerta, costi, ricavi. Tutto il contrario delle organizzazioni criminali, che impiegavano troppo tempo a capire che un'attività non era piú remunerativa e ci rimettevano soldi e uomini. Ed era la cultura della struttura verticistica delle mafie a rallentare la capacità di giudizio e intervento. Voler essere Stato nello Stato comportava benefici a livello di potere e svantaggi economici. Ma ai cattivi ragazzi di Leeds interessava solo il denaro.

In realtà non era esatto. La loro ambizione era correre piú veloci di tutti. Inebriati dal respiro corto della sfida. Per questo avevano adottato il pub che portava quel nome, luogo dei loro incontri quotidiani. Era stata Inez a sussurrare per la prima volta: «Dromos Gang».

«Cos'hai detto?» avevano chiesto gli altri.

«Ci chiameremo Dromos Gang», aveva ripetuto con voce ferma e sicura.

Il russo soffocò uno sbadiglio, perso nei ricordi. Venne distratto dall'intensità del profumo del conducente e lo osservò giusto il tempo per rendersi conto che aveva sbagliato strada.

– Ha tirato dritto al semaforo, monsieur, – lo richiamò con gentilezza.

Il tizio lo guardò attraverso lo specchietto. – Da questa parte è piú breve.

– No, – ribatté seccato Aleksandr. – Mi sta portando dalla parte opposta.

Il tizio accostò al marciapiede. Si girò di scatto e colpí il passeggero con un manganello elettrico. Una, due, tre volte. Finché Peskov si accartocciò su sé stesso e crollò tra i sedili.

Il conducente controllò la strada. Nessuno aveva notato nulla. A quell'ora del mattino la Marsiglia che lavorava aveva ben altro a cui pensare che sbirciare in un taxi. Garrincha mise la freccia e si inserí nel traffico, pensando che aveva avuto ragione a sospettare che il tizio che la Bourdet gli aveva ordinato di rapire non c'entrava un cazzo col narcotraffico. Di spacciatori ne aveva conosciuti quando era agli ordini di Maidana, anche i cosiddetti insospettabili, e quello non faceva parte della categoria.

Approfittando di un semaforo gli diede un'altra occhiata, e giusto per stare tranquillo gli somministrò un'altra scarica. L'uomo si mosse appena.

Il viaggio fino all'ex conservificio che il commissario usava per gli interrogatori illegali durò poco piú di un quarto d'ora. La saracinesca arrugginita era sollevata quel tanto che bastava per permettere il passaggio di un'automobile. Il paraguaiano vi infilò il taxi che l'ispettore Brainard gli aveva consegnato in piena notte.

«La targa è a posto, – aveva detto. – Nessuno ti fermerà».

La Bourdet sbucò dalla penombra. Sigaretta in bocca e pistola che penzolava dalla mano. – È sveglio?

– Purtroppo no, – rispose il paraguaiano caricandoselo in spalla.

– Spoglialo e legalo alla sedia, – ordinò la donna.

Garrincha obbedí con movimenti rapidi ed efficienti. Nel giro di tre minuti il russo era pronto per essere interrogato.

– Lo incappuccio?

– No, voglio che mi veda quando si sveglia, – rispose. – Tu invece vai a fumarti una cicca. Ho bisogno di stare sola col nostro nuovo amico.

«Gli prenderà un colpo quando ti vedrà», pensò Juan con cattiveria, uscendo all'aperto.

Il commissario raccolse da terra un barattolo vuoto e lo riempí d'acqua color ruggine da un rubinetto che non veniva aperto da chissà quando. Gettò l'acqua in faccia al prigioniero, che iniziò lentamente a recuperare lucidità.

Appena scoprí di essere nudo e legato si agitò non poco.

– Chi cazzo sei? – urlò.

B.B. gli mollò un ceffone. – Sono una signora, Aleksandr. Portami rispetto.

Il russo, sentendosi chiamare per nome, si sforzò di apparire tranquillo. – Chi siete?

– Così va meglio, – disse la poliziotta prendendo una sedia e piazzandola di fronte al prigioniero. – Guardami! Indosso trecento euro di vestiti e non sono russa. Chi sono?

– Polizia, servizi…

– Polizia. Brigade Anti-Criminalité, per l'esattezza.

– E allora perché non mi trovo in un commissariato ma legato nudo a una sedia? Dopo essere stato stordito e rapito?

– Non fare tanto lo sdegnato, – ribatté B.B. alzando il tono. Dalla borsa prese alcune foto e gliele piazzò sotto il naso. La prima era del tenente Vinogradova. – Questa la conosci bene, dato che te la scopi. Per me è Bocconcino, perché me la farei volentieri anch'io.

– Si chiama Ida, Ida Zhudrik, è un'interprete…

– E a tempo perso tortura e ammazza transnistriani.

La Bourdet gli sbatté in faccia le immagini dell'irruzione all'agenzia Irina, facendole poi cadere a una a una.

– Non so nulla di questa storia, – affermò Peskov guardandola dritta negli occhi.

– Trovo difficile crederti.

– Senta, io sono solo un esperto economico, – sbottò alzando la voce. – Io sono solo quello che procura i quattrini.

– Allora è per questo che sei in affari con Bremond.

Il russo era troppo intelligente per non capire quale fosse il vero obiettivo della poliziotta. – In realtà vuole fottere Bremond, vero?

– E Matheron, Rampal, Vidal e Teisseire. Sono la nuova faccia della corruzione, quella che fa marcire le fondamenta di questa città, – sospirò B.B. Con la punta della scarpa toccò un primo piano di Ulita. – Lei, invece, tra un po' non sarà piú fra noi, – spiegò.

– Cosa significa?

– Che ha pestato i piedi ad Armand Grisoni, l'unico vero boss di Marsiglia, e lui è abituato a risolvere certe faccende a colpi di pistola. La tua bella «Ida» morirà insieme alla sua squadra. Tu invece che fine vuoi fare? – La Bourdet sfilò il cellulare dalla tasca del cappotto. – Vorrei prenotare un tavolo per due, – disse a Grisoni. Poi riattaccò. – Ho appena emesso il verdetto di pena capitale.

Peskov aveva freddo, l'acqua gli aveva gelato la pelle.

– Cosa vuole da me, esattamente?

– Le prove per mandare in galera la cricca Bremond.

– E in cambio?

– Avrai salva la vita.

– Troppo poco. Voglio uscire di qui libero perché non mi posso permettere nessun'altra trattativa al ribasso.

B.B. scoppiò in una fragorosa risata. – Sei un povero fesso e sei pure arrogante. Tempo qualche ora e sarai un cagnolino felice di leccarmi la mano –. Si girò verso la porta. – Juan! – gridò.

Lo spacciatore arrivò di corsa. – Mi ha chiamato?

– Sí. Adesso voglio che ti occupi di questo signorino. Fagli vedere come ti ha insegnato a torturare bene l'esercito paraguaiano. Torno fra tre ore esatte, – annunciò chinandosi a raccogliere le foto da terra.

– La prego, troviamo una soluzione, – balbettò spaventato Aleksandr. – La violenza non è necessaria. Si tratta solo di trovare un accordo.

– Io non ne ho bisogno, otterrò quello che voglio quando ti stancherai di soffrire, – spiegò in tono piatto, frugando i vestiti del russo alla ricerca del suo cellulare. – Lo immaginavo, – mugugnò indispettita quando trovò desolatamente vuoti la rubrica e il registro delle chiamate. Si avvicinò a Zosim e lo colpí sulla fronte con il palmo della mano. – Ti credi furbo, russo del cazzo, – sibilò infilando in tasca il telefonino. Poi si avviò verso l'uscita. – Vado a prelevare il tuo compare, mister Banerjee, – mentí per indebolire ulteriormente le difese psicologiche del prigioniero.

Garrincha allargò le braccia. – È fatta cosí. Ha un brutto carattere –. Prese in mano l'orologio di Peskov. – Ti spiace se lo tengo io?

Il prigioniero non rispose. Si limitò a studiarlo. La poliziotta lo aveva descritto come un esperto torturatore dell'esercito paraguaiano. Se era vero, non era un poliziotto ma un mercenario, o comunque qualcuno che non agiva per senso del dovere.

Garrincha aggiustò il cinturino e lo agganciò al polso. Poi prese in esame il portafogli. Lo ripulí dello scarso contante. Gesto significativo, secondo il russo.

– Cazzo, ma quante carte di credito hai? – si stupí il paraguaiano, mentre valutava con tocco esperto il tessuto dell'abito. – Prendo anche questo, basta farlo allargare di mezzo centimetro e mi andrà a pennello.

Peskov respirò a pieni polmoni prima di chiedere. – Sei stupido come la poliziotta?

Garrincha gli rivolse un'occhiata perplessa. – Hai fretta di cominciare a gridare?

– Ho fretta di fare un affare con te.

– Non ci provare a offrirmi soldi per lasciarti andare perché la lesbica mi tiene per le palle.

– Non ci proverei nemmeno perché non si fida di te ed è appostata fuori pronta a seguirmi.

– E questo cos'è, umorismo russo? – chiese Garrincha in tono sprezzante.

– Semplice logica. Se fossi in lei agirei nello stesso modo.

Santucho gli piantò il dito nel petto. – Se mi hai detto una stronzata, ti infilo il taser su per il culo.

– Vai a vedere, – lo sfidò il russo. – E poi parliamo di affari.

L'altro uscí dallo stanzone. Tornò dopo qualche minuto, scuro in volto. Accese una sigaretta. – Avevi ragione, – ammise a bassa voce. – Ci sono i suoi tre scagnozzi che tengono d'occhio l'entrata.

Peskov sospirò di sollievo. – Cosa ti avevo detto? Ora puoi stare ad ascoltarmi?

Juan si mise seduto e incrociò le braccia. – La stronza pensa di essere piú furba di Esteban Garrincha, – sibilò rabbioso.

– Ti offro centomila euro per una telefonata, – esordí il russo. – Tu chiami un numero, comunichi alla persona che ti risponde il luogo dove deve essere consegnato il denaro. Una volta che hai i soldi in mano, mi presti il cellulare per un minuto.

– Dov'è la fregatura?

– Non c'è. Non so dove mi trovo, non posso dare nessuna informazione per fotterti. Il gioco lo hai in mano tu.

Garrincha chinò la testa di lato per osservare meglio il suo prigioniero. – Chi cazzo saresti tu?

– Io sono quello che arricchisce i furbi.

– E la sbirra cosa vuole da te?

– Che l'aiuti a fottere politici, banchieri e costruttori locali, – rispose cercando di essere convincente. – Tutta gente che può essere utile e molto, molto riconoscente.

Centomila euro. In droga ne aveva oltre quattro milioni, ma da come si stavano mettendo le cose quel denaro poteva fare comodo. Quella troia della poliziotta aveva dato per scontato che il russo riuscisse a corromperlo e, necessariamente, doveva aver previsto anche un finale dove glielo metteva nel culo. Al contrario del russo, che gli prospettava di allargare le conoscenze ad ambienti che contavano.

– D'accordo. Ma da qui non ti muovi.

– Un minuto. Mi serve un minuto.

Il paraguaiano prese il cellulare. – Che numero devo fare?

La banda di Grisoni arrivò a bordo di un camion di traslochi della ditta «Déménagement Gémenos». Indossavano grembiuli beige e coppole con frontino largo che coprivano la parte superiore del volto. Sembravano comparse di un film ambientato negli anni Cinquanta. Armand entrò nell'androne del palazzo, seguito da Ange e dagli altri. Gli ultimi quattro spingevano altrettanti bauli montati su carrelli. La portinaia riconobbe il vecchio gangster e si barricò dopo aver appeso il cartello «Torno subito». L'idea di chiamare la polizia non la sfiorò.

Grisoni prese l'ascensore e si piazzò bene in vista sotto la telecamera che controllava l'entrata della Dromos. Prese il mozzicone di matita che portava dietro l'orecchio, leccò la punta e scrisse qualcosa sul blocco che teneva sotto il braccio. Attese di essere raggiunto dai suoi uomini che si tennero opportunamente nascosti e suonò il campanello. Si tolse il cappello per grattarsi la testa, in modo che chi lo stava osservando da quando era arrivato si convincesse che si trattava di un innocuo, anziano fattorino.

– Desidera? – chiese una voce femminile attraverso il citofono.

Armand avvicinò la bocca. – Ho del materiale da consegnare a monsieur Peskov.

– Che materiale?

– E cosa vuole che ne sappia? – finse di inalberarsi. – Io consegno e basta.

– D'accordo. Mi scusi, – tagliò corto la voce premendo il pulsante di apertura.

Grisoni estrasse la .45 silenziata mentre spingeva il pesante portoncino blindato. Si trovò di fronte la torturatrice che aveva straziato i due transnistriani. Sorrideva, era elegante e molto femminile. Il falso fattorino alzò il braccio e iniziò a sparare.

Flop, flop, flop. Kalisa, colpita al torace, scivolò a terra trascinando nella caduta il telefono. Fece in tempo a gridare qualcosa in russo prima che il boss le piantasse una palla sotto l'occhio destro. Intanto i gangster erano scivolati dentro e avevano invaso il corridoio, dove si scatenò un inferno ovattato. Tutti, aggressori e aggrediti, usavano semiautomatiche silenziate. I russi inchiodarono i corsi fino a quando non terminarono i colpi. Un caricatore a testa. Mai avrebbero pensato di dover reggere un conflitto a fuoco di quelle dimensioni negli uffici della società di copertura. Riuscirono a ferirne due, poi furono sopraffatti. L'ex *spetsnaz* Prokhor tentò l'impossibile armato di un tagliacarte, ma fu abbattuto con una decina di colpi. Poi toccò a Georgij che aveva inutil-

mente alzato le mani in segno di resa. L'ultima a essere elimi-
nata fu Ulita. Era stata centrata alle gambe e al fegato. Anche
se agonizzante, tentò di colpire alla gola Ange, che le infilò
con forza il silenziatore in bocca prima di premere il grilletto.

I corpi vennero infilati nei bauli e i feriti trasportati a
braccia. Uno era grave. Grisoni aveva sufficiente esperienza per sapere che nessuno dei medici della mala era abbastanza bravo da salvargli la vita.

Quando Ange chiuse la porta a chiave dopo aver distrut-
to le registrazioni del sofisticato sistema a circuito chiuso,
si lasciarono alle spalle schizzi di sangue, palle conficcate
ovunque e un tappeto di bossoli. Il calibro era la firma del
vecchio gangster. Voleva che i servizi francesi sapessero che
era stato lui a fare pulizia.

Ritornò al ristorante e trovò la Bourdet ad attenderlo. Era
seduta vicino a Marie-Cécile, che tormentava un fazzoletto
e aveva gli occhi rossi.

– La piccola era in pena per te, – lo accolse la poliziotta.
– Stanotte ti farà un servizietto da gran visir.

– E tu eri in pena, B.B.?

– Io? E perché mai? – domandò indossando il cappottino verde chiaro.

Uscí e guardò il cielo terso. Tredici gradi, e lei non sapeva
piú come vestirsi. Salí sulla Peugeot e prese la strada di casa.
Avrebbe allungato un bel po', ma voleva ascoltare la confessione del russo con la documentazione sulla cricca Bremond
a portata di mano.

Era contenta per Armand, ma lo invidiava un po' per
l'ansia sincera che aveva sentito in Marie-Cécile. Il tempo
di maledire il destino che l'aveva condannata alla solitudine e tornò a concentrarsi su Peskov. Era certa che sarebbe
riuscito a corrompere quell'essere ignobile di Esteban Garrincha, alias Juan Santucho, e a fuggire pedinato dai suoi

ispettori. La Bourdet era convinta che sarebbe stato utile e
interessante scoprire dove si sarebbe rifugiato e chi avrebbe
cercato. E in totale sicurezza. Brainard, Delpech e Tarpin
lo avrebbero riagguantato senza problemi.

Invece non era andata cosí. I suoi uomini l'avevano chia-
mata per avvertirla che Peskov e «don» Santucho non si erano mossi. Evidentemente lo spacciatore aveva rigato dritto.
Aveva finalmente capito che lei era il suo unico dio, oppure il piacere di infliggere dolore era stata una tentazione piú
forte del denaro. Lo avrebbe scoperto presto. Il piano era
semplice ed efficace. Confessione del russo, verifica delle
prove e nuovo fascicolo sulle malefatte dell'onorevole e dei
suoi soci, depositato in procura e contemporaneamente sui
tavoli dei direttori di alcuni giornali nazionali. Sarebbe stato
impossibile evitare lo scandalo. La magistratura marsigliese
non avrebbe gradito il palese atto di sfiducia, ma B.B. non
voleva correre il rischio di essere fregata una seconda volta.

Bruna, la donna di Garrincha, appoggiava il suo bel culo
sullo sgabello di un bar alla moda del Vieux-Port, frequentato
perlopiú da turisti americani. Sorseggiava un gin tonic, controllando il locale attraverso i grandi specchi appesi alle pareti.
Sunil entrò, teso e preoccupato come non lo era mai stato in
vita sua. Teneva in mano un cellulare in modo che si potesse
notare con facilità. Bruna gli fece un cenno e lui si avvicinò.

– Hai i soldi?

L'indiano aprí il cappotto. Una busta di manila spuntava
dalla tasca interna.

La ragazza allungò una mano e la estrasse. La aprí e sbirciò dentro. – Ci sono tutti?

– Non vorrai mica metterti a contarli! – sbottò Banerjee
esasperato.

Bruna alzò le spalle e bevve un altro sorso.

– Sbrigati! – sibilò l'altro.

Bruna chiamò Santucho. – Tutto a posto, – disse.

Sunil le strappò il telefono di mano. – Sí, ha i soldi. Ora voglio parlare col mio amico.

Il paraguaiano accostò il cellulare al volto del russo. – L'affare è andato in porto.

Peskov non perse tempo in saluti e sfruttò il minuto a disposizione per fornire a Banerjee tutte le informazioni utili che potevano salvarli.

– Tranquillo, metterò a posto le cose, – disse l'amico, ma la comunicazione era già stata chiusa.

L'indiano era profondamente turbato. A loro, rappresentanti di altissimo livello del terziario dell'economia criminale, cose del genere non dovevano capitare. Per la prima volta era costretto a muoversi come un ricercato perché una poliziotta voleva sequestrarlo e legarlo nudo a una sedia, come era capitato al povero Zosim.

Bremond era in riunione con la direzione regionale del partito. La segretaria fu irremovibile e Sunil saltò su un taxi e si precipitò da Matheron. Non perse tempo a farsi annunciare. Clothilde e Isis tentarono di fermarlo ma lui le aggirò ed entrò nello studio di Gilles, dove era in corso un incontro con alcuni clienti. Oltre al figlio Édouard c'erano altre quattro persone intorno a un grande tavolo su cui erano distesi planimetrie e progetti.

– Che succede? – domandò il vecchio Matheron.

– Bernadette Bourdet, – scandí l'indiano.

L'altro impallidí. – Fuori tutti, – ordinò a voce bassa. – Adesso! – Quando furono soli si rivolse a Sunil. – E allora?

– Ha sequestrato Aleksandr Peskov e lo sta interrogando con metodi illegali per avere una confessione completa sugli affari della cricca Bremond, come lei stessa l'ha definita.

– Merda!

– Devo parlare con un tale Armand Grisoni. Subito.

– Cosa c'entra il boss della mala di Marsiglia? – domandò il costruttore esterrefatto.

– Pare sia l'unico in grado di mettere a posto le cose.

Gilles si attaccò al telefono e travolse con un fiume di insulti le resistenze della segretaria dell'onorevole. Poi avvertí Rampal, Vidal e Teisseire.

– Speriamo non sia troppo tardi, – si augurò Gilles mettendosi il cappello.

Il commissario Bourdet fece il suo ingresso nello stanzone maleodorante del conservificio con un grosso fascicolo sotto il braccio. Aveva appena cambiato i piani e ordinato ai suoi ispettori di prelevare l'indiano e di portarlo a fare compagnia al russo. Garrincha fumava seduto sulla sedia, e Peskov, sempre nudo e legato, non presentava il minimo segno dell'interrogatorio a cui il paraguaiano doveva averlo sottoposto. Era solo stordito dal freddo. Ma era un russo. Doveva essere abituato a temperature anche piú rigide.

«Don» Juan si alzò. – È pronto a cantare, – annunciò in tono poco convincente.

– Non l'hai nemmeno sfiorato. Lo hai convinto con la forza del pensiero?

– Non ce n'è stato bisogno. Come gli ho descritto un paio di trattamenti si è deciso subito a collaborare.

La poliziotta si sedette e fissò Peskov. – Ti ascolto, – annunciò mettendo in funzione un registratore digitale.

Quando ancora portava il nome di Zosim Kataev aveva imparato a mentire con incredibile abilità. Superare l'innata diffidenza dei membri della Organizatsya necessitava preparazione e attenzione. Nulla doveva essere mai improvvisato. Sguardo, postura, eloquio. E le menzogne dovevano basarsi sempre su un fondo di verità nota o verificabile.

Se B.B. fosse stata a conoscenza del passato del suo prigioniero lo avrebbe ascoltato con altre orecchie. Invece nel giro di qualche minuto precipitò nella trappola e ascoltò rapita la storiella che era stata appositamente confezionata per lei.

Decise che Garrincha non le serviva piú. – Puoi andare. Mi farò viva, – lo liquidò senza nemmeno guardarlo.

Aleksandr parlò di incastri societari, corruzione, riciclaggio, ma nulla di quanto diceva si avvicinava minimamente alla reale natura degli interessi che condivideva con la cricca Bremond. Il trucco era quello di sottolineare continuamente l'esistenza di prove documentali.

«È fatta, – si ripeteva il commissario ascoltando. – Li sbatto tutti in galera».

A un certo punto il russo smise di parlare.

– Che succede? – domandò la poliziotta.

– Ho freddo e ho la gola secca.

– E allora sbrigati, – ribatté infastidita dall'interruzione. Non voleva che il russo smettesse di allietarle la giornata.

Peskov sbuffò. – Lei non capisce. Non le sto confessando i nomi di una banda di rapinatori, ma un complesso sistema di criminalità economica.

– D'accordo, – si arrese la Bourdet, che raccolse il cappotto del prigioniero e glielo appoggiò sulle spalle. – Ora continua. All'acqua penseremo dopo.

Il russo rallentò il ritmo e impiegò i successivi quaranta minuti a spiegare un complicato, quanto fantomatico, passaggio di denaro da una società di Gibilterra a una banca delle Isole Vergini britanniche.

A un certo punto squillò il cellulare del commissario, che fissò stupita il display.

– Che succede, Armand?

– Nulla. Sto facendo una passeggiata sulla spiaggia dei Catalans insieme ad alcuni amici, – rispose il gangster.

– Il cielo è coperto, – commentò sospettosa. – Non è la giornata migliore.

– Però si sta bene. Era un pezzo che non c'era un novembre cosí mite.

B.B. si mosse a disagio sulla sedia. Non riusciva a capire cosa stesse succedendo.

– Se questa è una telefonata di cortesia, sono costretta a interromperla perché adesso sono occupata. Magari passo stasera, o domani.

Il tono di Grisoni si fece meno discorsivo. – È una telefonata di cortesia che faccio a una vecchia amica per impedirle di commettere un errore.

– Di cosa stai parlando?

– Lascia andare il tuo ospite.

– Non ci penso proprio.

– Ti ho mai detto che sono da sempre un sostenitore delle campagne elettorali del buon Pierrick?

Le crollò il mondo addosso. Il duro commissario della Brigade Anti-Criminalité sembrava una donna di mezza età sconfitta dalla vita.

– Non farmi questo, – implorò.

– La faccenda si chiude qui, B.B. E nessuno ne pagherà le conseguenze. Soprattutto tu.

– Stai invecchiando male, Armand, – sussurrò con il proposito di insultarlo.

Grisoni interruppe la conversazione.

Le si riempirono gli occhi di lacrime. Frugò nella borsa cercando i fazzoletti di carta. Si ricompose. Accese una sigaretta. Aveva un sapore orribile. Quando si sentí pronta affrontò lo sguardo del russo. Era freddo, impassibile, completamente svuotato del timore che aveva mostrato fino a quel momento.

La Bourdet afferrò il registratore.

– Mi hai raccontato una montagna di stronzate, vero?
– Vero.
– Ho commesso due errori, – ammise B.B. con amarezza.
– Sottovalutarti e coinvolgere Garrincha.
In realtà quelli erano stati gli errori minori, pensò Aleksandr. Quello fatale era stato non catturare subito Sunil Banerjee. Ma si guardò bene dal farlo notare.
La poliziotta stava recuperando lucidità e capí come aveva fatto Aleksandr ad avvertire i suoi soci. – «Don» Juan ti ha fatto usare il suo telefono.
– Non ha piú importanza, – ribatté Peskov spazientito.
– E adesso slegami e lasciami andare, brutta troia.
B.B. perse il controllo e cacciò una mano nella tasca del cappotto. Estrasse una bomboletta spray antiaggressione a base di peperoncino. Lo afferrò per i capelli e gliela svuotò negli occhi, nel naso, nella bocca.
Il russo gridò fino a quando non svenne.

Grisoni passò un braccio intorno alle spalle di Sunil. – Interessante questo affare dei cavi sottomarini, ma io appartengo a una generazione lontana dalla tecnologia, preferisco gli immobili.
Intervenne Gilles Matheron. – Mister Banerjee e monsieur Peskov stanno investendo una notevole somma di denaro nell'affare di Cap Pinède.
Armand sorrise come uno squalo. – Notevole?
L'indiano fece un rapido calcolo. – Circa sessanta milioni di euro.
– Attendo la conferma del bonifico a momenti, – annunciò il banchiere Rampal.
Il boss annuí, colpito dall'entità della cifra. – Sarò io a subentrare al posto vostro, – disse in tono gelido. – E mi prenderò anche il resto, cosí gli affari rimarranno tra marsiglie-

si, perché siamo un po' stanchi di tutti questi stranieri che vengono qui e pensano di farla da padroni. Vero, Pierrick?

Bremond annuí e scambiò occhiate con i suoi compari. Non erano affatto contenti del nuovo socio. L'indiano e il russo erano decisamente piú affidabili. Erano degli investitori. Grisoni avrebbe solo preso. Al vecchio gangster non sfuggí il disappunto generale.

– Vi ho salvato il culo, ragazzi.

– Quella troia ci prova sempre, – squittí isterico Thierry Vidal.

– Non ti permettere mai piú di insultare il commissario Bourdet in mia presenza –. Il gangster si divertí a umiliarlo di fronte a tutti. Poi si rivolse all'onorevole. – Non vi darà piú fastidio, ve lo assicuro.

– Noi, comunque, abbandoniamo la città. Marsiglia esce dalla nostra sfera di interessi, – scandí chiaro Sunil per darsi un contegno. Ma nessuno gli badò. La velocità degli affari aveva già trasformato lui e il russo in un fuggevole ricordo.

Una ventina di minuti piú tardi, accompagnato dall'autista di Matheron, l'indiano batteva la zona dello Chemin du Littoral, dove, secondo le informazioni fornite da quell'orribile uomo delle caverne che comandava il crimine a Marsiglia, doveva aggirarsi Zosim.

Lo avvistò da lontano. Camminava come se fosse ubriaco, tamponandosi la faccia con un fazzoletto, la camicia fuori dai pantaloni e la cravatta che pendeva da una tasca.

– È lui, – gridò. Saltò giú dalla macchina e lo abbracciò. – Amico mio.

– Ho bisogno di un medico, Sunil, – biascicò Aleksandr prima di svenire ancora.

La Bourdet osservò la scena a bordo della Peugeot. Johnny Halliday cantava *Ma gueule*. Guardò la macchina allontanarsi. Il senso di sconfitta stava diventando insopportabile. Chiamò Ninette. – Quanto vuoi?

– Hai un tono da brutta giornata.

– La peggiore.

– Nemmeno io sono di buonumore. Lo sforzo di ritrovarlo ti costerà caro.

– Non importa. Ti aspetto a casa.

Il buio divorò la luce incerta del tramonto. Non c'era un alito di vento e la pioggia fitta e sottile cadeva a piombo sul mare. I motori della *Reine des Îles* marciavano a pieno regime. Destinazione: una spiaggia della Liguria.

Peskov si alzò dal divano dove stava riposando e andò a versarsi un goccio di cognac. – Bevo di rado e mai a quest'ora, ma sono tentato di scolarmi tutta la riserva del buon Matheron.

– Esperienze del genere non accadono tutti i giorni, – filosofeggiò Sunil. – Ho preso un tale spavento...

Il russo svuotò il bicchiere. – Sono delle bestie, – bofonchiò. – Tutti. Poliziotti e criminali. La violenza fa parte della loro vita, della loro quotidianità. Non riescono a concepire altro.

Si lasciò cadere sul divano. Era scosso dall'idea che non avrebbe mai dimenticato quelle ore trascorse legato a una sedia con il timore di essere torturato.

– Per fortuna hai trovato quel narcotrafficante che si è lasciato corrompere, – disse Banerjee.

– Un altro troglodita, – commentò sprezzante Aleksandr.

– La sua signora non era meglio, – aggiunse l'indiano. – Comunque il sudamericano merita un monumento. Se non fosse stato corruttibile, a quest'ora saresti senza unghie e obbediresti come un burattino a quell'orribile commissario.

Peskov rabbrividí. – Quanto abbiamo perso?

– Quasi tutto. Grisoni è stato esoso e Bremond e soci hanno dovuto piegarsi. Avere a che fare con quel corso non faceva parte dei loro piani.

– Che tipo è questo boss?

Sunil alzò le spalle. – Il classico mafioso del cazzo. Come Zaytsev, come gli amici di mio padre. Borioso, ignorante, scaltro... mi ha promesso che farà girare la voce che sei stato eliminato.

– Per la seconda volta... Non è detto che il generale Vorilov abbocchi, – commentò il russo. – Devo assolutamente approfittare dell'immatura scomparsa della bella Ulita per crearmi una nuova e definitiva identità.

– Senza la palla al piede dell'Fsb potremo dedicarci agli affari. Siamo dei geni a fare i soldi, amico mio, e vedrai che ci rimetteremo in piedi in poco tempo. Tu ora pensa solo a renderti invisibile.

– E tu che farai?

– Per prima cosa mi assicurerò che il tuo soggiorno nella clinica di Giuseppe sia confortevole, poi tornerò ad Alang per seguire gli affari. Rifiuti, navi e pezzi di ricambio per ricchi europei infermi.

Aleksandr abbracciò l'amico. – Grazie! – sussurrò commosso.

– Ehi, non vorrai mica darmi un bacio in bocca alla Brežnev? – scherzò l'indiano. – Con voi russi non si può mai sapere...

L'altro si staccò. – Grazie! – ripeté.

– E di cosa? I cattivi ragazzi di Leeds si aiutano sempre.

Peskov annuí e si chiuse nei suoi pensieri.

Sunil non riuscí a stare zitto. – Stai pensando alla tua bella?

– Di chi stai parlando?

– Di Inez. Del tuo unico grande amore. La ragazza che ha fatto perdere la testa al sottoscritto e a Giuseppe ma che per motivi incomprensibili ha scelto te.

Peskov era esterrefatto. – Da quando lo sapete?

– Da sempre.

– Non è che lo volevo tenere nascosto, solo che...

Banerjee, con un gesto, gli fece capire che non doveva giustificarsi.

– Tu sei russo, lei svizzera. Una stupida riservatezza con gli amici piú cari era scontata.

– Cambiata identità potrei trasferirmi a Zurigo, che dici?

– Non credo sia una buona idea, è il primo posto dove Vorilov ti cercherà.

Aleksandr annuí. – Hai ragione, dovrò inventarmi qualcos'altro.

Diverse ore piú tardi, i marinai calarono in mare un piccolo gommone che trasportò i due passeggeri in una spiaggia vicino a Varazze, dove li attendeva Giuseppe Cruciani.

– Ma non potevate venire in treno? – sbraitò abbracciandoli e riempiendoli di baci. – Mi sono gelato i coglioni ad aspettarvi in questa cazzo di spiaggia. Al mare si viene d'estate, no?

Il napoletano li travolse con il suo cazzeggio martellante, e per tutto il viaggio fino alla clinica non fecero che ridere e prendersi in giro. L'argomento principe fu, ovviamente, la confessione del russo sulla sua relazione con Inez. In realtà Giuseppe non aveva granché voglia di divertirsi, ma i suoi amici avevano bisogno di scaricare la tensione. E poi Zosim o Aleksandr, come cazzo si chiamava adesso, avrebbe dovuto affrontare un problema molto delicato, e non era il caso che si angustiasse troppo.

Nonostante l'ora tarda il medico li stava ancora aspettando nel suo studio.

– Ti presento il mio amico Gaetano Bonaguidi, – disse Cruciani a Peskov. – È il migliore sulla piazza. E il piú fidato.

– E il piú caro, – specificò il chirurgo con un sorriso.

Giuseppe uscí e si chiuse la porta alle spalle.

Il russo osservò le targhe e le foto appese alle pareti. Bona-guidi era stato allievo dei piú noti chirurghi plastici americani.

Il medico prese il mento di Aleksandr e osservò attenta-mente il volto. – Lei ha un viso perfetto, dubito di riuscire a ricostruirne un altro dello stesso livello estetico, – spie-gò. – Rischia di ritrovarsi con tratti meno gradevoli, esatta-mente l'opposto di quello che desidera un paziente quando si rivolge a me.

– Non si preoccupi. Io voglio una faccia da venditore di automobili, capisce quello che intendo?

Bruna si agitò nel letto. Per riuscire a dormire si era imbot-tita di sonniferi. Eppure era certa che qualche testa di caz-zo stesse bussando alla porta. Aprí un occhio e sbirciò Juan. L'uomo dormiva con i tappi ficcati nelle orecchie e non si sa-rebbe svegliato nemmeno con le cannonate. Afferrò l'orolo-gio. Erano le 6,15 del mattino. Non potevano essere che gli sbirri, ma poi pensò che si trovavano nella sua vecchia casa e nessuno, tantomeno la polizia, ne conosceva l'ubicazione. Si alzò, e dopo qualche secondo rinunciò a cercare le ciabatte e qualcosa con cui coprirsi. Quella testa di cazzo non la smette-va di picchiare sulla porta, e chiunque fosse avrebbe dovuto accontentarsi del suo baby-doll da duecento euro.

Invece il commissario Bourdet lo apprezzò. – Sei una bel-lezza, Bruna, – esclamò con sincera ammirazione. – Dov'è Santucho?

– Magari non c'è.

B.B. le tirò un ceffone. – Ti ho chiesto dov'è?

– Sta dormendo.

La poliziotta imboccò il corridoio e cercò la camera. Si sedette sul bordo del letto e accese la lampada del comodino prima di scuotere lo spacciatore. Garrincha si girò di scat-to, incazzato. Lo aveva detto mille volte a Bruna che voleva essere svegliato solo con affettuosa dolcezza. Fece un salto quando riconobbe la poliziotta.

– Buongiorno, madame, – mormorò con la bocca impastata. – Non mi aspettavo di ricevere una sua visita.

– Soprattutto qui, vero? Pensavi di tenermi nascosto questo nido d'amore –. Lo colpí alla fronte con la punta delle dita. – Non hai ancora capito la differenza tra gli sbirri del tuo paesello e quelli di Marsiglia, vero?

– Cosa posso fare per lei? – chiese guardingo.

– Stamattina mi sono svegliata con una domanda a cui non riesco a dare una risposta, e magari tu mi puoi aiutare.

– Certo, se posso, molto volentieri.

– Non riesco a capire come abbiano fatto gli amici del russo a scoprire che era, diciamo, mio ospite. Tu hai qualche idea?

– No. Non so nemmeno chi siano questi tizi.

– Sai, Juan, io sono venuta qui perché piú ci penso e piú mi convinco che sei stato tu a tradirmi. Non c'è altra spiegazione possibile. E già una volta ti avevo detto che io sono il tuo unico dio, e a dio non si mente mai. Non pensi che ti convenga dirmi la verità?

– Gli ho solo fatto fare una telefonata, – ammise il paraguaiano. – Un minuto, nulla di piú.

– A chi ha telefonato?

– A un indiano.

– Cosa ha detto?

– Non lo so, – mentí. – Non ho ascoltato.

B.B. sospirò. – Hai combinato un grosso guaio e non posso perdonarti, Juan. Ora dio ti manda all'inferno.

Si alzò e uscí dalla stanza, inseguita dalle urla di «don» Juan: – Non può mandarmi in galera per una cazzo di telefonata, io lavoro per lei, vedrà che saprò rimediare. Spaccherò il culo a tutte le bande che spacciano. Le consegnerò il Tredicesimo su un piatto d'argento.

Il commissario afferrò Bruna per un braccio e la trascinò in cucina. – Prepara il caffè, bellezza.

Aprí la porta dell'appartamento e fece entrare Delpech, Brainard e Tarpin. – Tocca a voi.

I tre ispettori si precipitarono nella camera da letto, dove trovarono Garrincha che si stava infilando i pantaloni. Lui impallidí. – Ehi, che cazzo succede?

Delpech ridacchiò e prese dalla tasca un foglio piegato in quattro, lo aprí e lo sventolò davanti al naso di Garrincha. – Lo sai cos'è?

– No.

– È un provvedimento di espulsione, e c'è scritto che il cittadino paraguaiano Esteban Garrincha se ne torna a casa col primo aereo.

La notizia squassò la mente e il corpo del paraguaiano con la violenza di una folgore. Perse il lume della ragione e diventò una belva ferita a morte. Gridando come un ossesso si avventò contro i tre poliziotti, i quali non si disturbarono a stordirlo con le pistole elettriche ma si divertirono a massacrarlo con corti sfollagente di cuoio riempiti di pallini di piombo. Aveva osato prendersi gioco del loro commissario. Doveva pagare.

– Lo ammazzano, – gridò Bruna.

– No. Gli stanno dando una lezione, – rispose secca la Bourdet. – Poi toccherà a te.

– Non ho fatto niente, – balbettò terrorizzata.

– So tutto. Juan era un mio confidente. Ma poi ha fatto il fesso e ora lo portiamo dal giudice dove confesserà gli omicidi dei messicani, – giocò sporco la poliziotta. – Lui sarà il primo a cantare e vi fotterà tutti. D'altronde glielo devo: mi ha passato un sacco di informazioni.

La ragazza ammutolí e si afflosciò sulla sedia. Il commissario le mise davanti una tazza di caffè.

– Certo, preferirei favorire una bella gattina come te.

Bruna alzò lo sguardo. – Potrebbe veramente salvarmi o mi sta prendendo per il culo?

– Io posso fare tutto quello che voglio, dipende da quello che mi offri.

– Esattamente, cosa vuole?

La Bourdet frugò nella borsa ed estrasse il registratore digitale. – La verità.

In quel momento davanti alla porta della cucina passò Santucho svenuto, sorretto dagli ispettori. B.B. li fermò con un gesto, in modo che la ragazza si rendesse conto di come era ridotto

– In questa para vince chi ha la lingua piú veloce.

E Bruna, vinta e terrorizzata, confessò tutto. Anche quello che poteva evitare, come la coltellata nel petto del cuoco messicano. Mostrò alla poliziotta il nascondiglio della droga rapinata a Bermudez e, da un cassetto, tirò fuori i centomila euro che le aveva consegnato l'indiano. Alla fine era svuotata e con un bisogno infinito di farsi di coca. Implorò il commissario, che scosse la testa. – È arrivato il momento di iniziare a disintossicarsi.

La Bourdet chiamò Félix Barret, il collega della Ocrtis.

– Ho una faccenda complicata per le mani. Se la sbrogli come dico io, ti porti a casa il tesoro dei messicani e i responsabili della strage a *El Zócalo*.

Il poliziotto della narcotici arrivò dopo una mezz'ora.

– Devi esserti cacciata in un bel casino se mi fai un regalo che vale una promozione, – esordí sorridendo.

B.B. gli offrí una sigaretta. – Dovrai fare il prestigiatore. E stare attento che dal cilindro non spunti fuori il coniglio sbagliato.

Félix indicò la ragazza che fumava una sigaretta come se fosse l'ultima. – E quella?

– Ti presento Bruna, la tua testimone, – disse consegnandogli il registratore. Raccolse borsa e cappotto e si avvicinò alla ragazza. – Lui è lo sbirro che ti può salvare il culo, bellezza. Fai quello che ti dice e te la caverai con dieci anni.

– Dieci anni? – gridò isterica Bruna. – Ma io ho parlato! Dovete liberarmi adesso!

I poliziotti si scambiarono un'occhiata e trattennero a stento una risata. – Lo vedi i danni che provocano le serie televisive americane? – esclamò Barret. – Adesso il primo fesso che arresti ti chiama «detective», la prima cosa che dice è «Voglio un accordo» e chiama il giudice «vostro Onore».

– Protesta con il sindacato, – lo canzonò la Bourdet. – Questa situazione è insopportabile.

Due poliziotti in divisa andarono a prelevare Garrincha all'uscita del finger. Aveva il volto tumefatto, il labbro spaccato in due punti, e il suo aspetto aveva tenuto lontano gli altri passeggeri per tutta la durata del viaggio. Si fece ammanettare senza storie e avanzò verso l'uscita e il proprio destino con un atteggiamento rassegnato, strascicando i piedi e mormorando preghiere. In realtà era una finta. Quando uno dei poliziotti aprí la portiera per farlo entrare, Garrincha con uno scatto cercò di fuggire con l'unico risultato di beccarsi una scarica di pugni. Non si lamentò piú di tanto. Maledisse il destino e la Bourdet. Non protestò quando l'auto prese la strada dell'ufficio del suo ex capo. Dal finestrino guardò la sua Ciudad del Este. A notte fonda era ancora piú bella, ogni dettaglio un ricordo.

Quando lo fecero scendere, cercò di darsi un contegno e di tenere il corpo eretto. Passò accanto alla stanza dove le macchinette contasoldi erano sempre in piena attività. I contabili lo riconobbero e lo salutarono con un ironico cenno della mano.

Carlos Maidana era seduto alla sua scrivania. Stava parlottando con Neto, il suo nuovo vice. Prima del tradimento di Garrincha era un semplice soldato. Non aveva nessuna dote eccetto la fedeltà. Di questi tempi era sufficiente per fare carriera.

I poliziotti liberarono Esteban delle manette. Il boss afferrò una busta dalla scrivania e la lanciò al piú vicino.

– *Muchas gracias*, don Carlos.

Maidana liquidò gli sbirri con un gesto frettoloso. Dedicò tutta la sua attenzione al nuovo arrivato.

– Mi devo complimentare, Esteban. In Francia hai imparato a vestirti come un frocio, qui il tuo culo mi renderebbe dei bei soldi ed è proprio un peccato che debba consegnarti ai nostri amici cinesi.

Garrincha ricacciò il pianto in fondo alla gola. – Per favore, non farlo. In nome dei vecchi tempi. Fammi tirare un colpo in testa da Neto.

Carlos finse di mostrarsi stupito. – E perché? I cinesi delle Triadi sono famosi per la loro pietà, non ti preoccupare, Esteban. Te ne andrai in fretta e senza soffrire.

Cercò di rimanere serio ma scoppiò a ridere, dandosi grandi manate sulle cosce. Neto si limitò a sorridere. Gli sarebbe piaciuto eliminare personalmente il traditore e non era cosí sicuro che fosse corretto consegnarlo ai cinesi.

All'improvviso il boss tornò serio. – Sono sorpreso che ti abbiano scovato in Europa. Non credevo che avessi abbastanza cervello da arrivare cosí lontano.

La Mercedes di Maidana si fermò sotto un cavalcavia della periferia nord della città. I cinesi erano già arrivati con due crossover Ford. Fumavano appoggiati alle carrozzerie. Garrincha ne contò una decina. Li guidava Nianzu, autista e guardia del corpo del defunto Freddie Lau. Sarebbe stato lui a torturarlo. Aveva sentito dire che un cinese esperto poteva tenerti in vita anche alcuni giorni. Si morse il labbro, che iniziò a sanguinare copiosamente.

Neto lo tirò giú dalla macchina. – Ti divertirai, – sibilò dandogli una spinta.

Garrincha camminò a passo lento ma non incerto verso il capo del comitato di ricevimento. A un metro di distanza si fermò e i suoi piedi cominciarono a muoversi fino a sembrare quelli di un giocatore di calcio in piena partita.

– Ecco il grande Garrincha, – gridò con tutto il fiato che aveva in corpo, – che dribbla al centrocampo, evita una falciata feroce, cerca ancora un varco…

Gli uomini della Triade trovarono l'esibizione divertente e si misero a ridere e a deridere il condannato a morte, fingendo di fare il tifo.

– … Ecco il grande Garrincha davanti alla porta. È solo davanti al portiere, – urlò l'attaccante.

Caricò la gamba destra e fece partire un calcio micidiale spappolando i testicoli di Nianzu, che svenne sul colpo.

Gli altri cinesi per reazione gli svuotarono addosso i caricatori, poi presero a calci il cadavere. Ma era troppo tardi. Garrincha li aveva fottuti un'altra volta.

La foschia rendeva ancora piú fioca l'insegna dell'hotel. Brainard, Delpech e Tarpin chiacchieravano al caldo nella monovolume. In sottofondo il solito hip hop francese. Poco distante, a bordo della sua vecchia Peugeot 205, il commissario Bourdet fumava ascoltando il solito Johnny Halliday. Un taxi accostò di fronte all'entrata della stamberga, scaricando il solito sudamericano con la pancia piena dei soliti ovuli zeppi di coca. Una piccola borsa, sguardo circospetto, si avviò verso la porta.

B.B. raccolse la ricetrasmittente.

– Ora! – ordinò.

Il portellone si spalancò e i tre ispettori schizzarono fuori. Pistole, sfollagente, manette. Poi un giretto all'ex conservificio.

La «guerra dei territori» continuava. Tre ragazzi del Quattordicesimo erano stati ammazzati a colpi di pistola. Gli assassini avevano incendiato la macchina in cui si trovavano e solo l'analisi del Dna aveva permesso l'identificazione dei cadaveri. Avevano diciannove anni. Il giorno prima era morto, dopo una breve agonia, un poliziotto colpito da una raffica di kalashnikov mentre cercava di impedire una rapina in un supermercato. Il governo aveva annunciato una nuova fornitura di centocinquanta fucili a pompa. Gli sbirri avevano deciso di vendere cara la pelle. B.B., invece, avrebbe continuato con i suoi metodi fino al giorno della pensione. Lo doveva alla sua Marsiglia. Peccato per la *bouillabaisse* di Grisoni. Era una delle migliori della città.

Quattro mesi piú tardi

«Parkinson Court Café, Parkinson Building, University of Leeds». Sunil era stato stranamente parco di parole. Aveva aggiunto la data, l'ora e il percorso.

Inez Theiler non aveva fatto domande. Il giorno indicato era sbarcata all'aeroporto di Manchester. Un taxi l'aveva portata alla stazione dei pullman, dove era salita sull'M34 diretto a Leeds. Ora stringeva fra le mani una tazza di latte bollente. Non lo beveva dai tempi in cui frequentava quella biblioteca come studentessa. Le piaceva ben zuccherato. Il calore le dava una sensazione di sicurezza.

Dopo la disfatta di Marsiglia, la gang di privilegiati a cui apparteneva aveva stentato a rimettersi in piedi. L'indiano era stato infaticabile nel pianificare e delocalizzare alcuni affari dalla Francia che, ormai, era terra bruciata. Lei e Giuseppe lo avevano sostenuto con grande efficienza, ma avevano dovuto rinunciare al tesoro della Organizatsya di Vitaly Zaytsev, che era servito per comprare la libertà di Zosim, e all'affare del legname di Černobyl', che era tornato nelle disponibilità dell'Fsb. Il generale Vorilov era stato abile e veloce. Lo avevano sottovalutato.

Inez era contenta che Ulita, la «tigre del materasso», fosse morta. Contenta era riduttivo. Era felice. Aveva usato Zosim come un cazzo di gomma e lo aveva avuto a disposizione, mentre lei aveva dovuto mendicare qualche attimo di intimità.

Banerjee le aveva garantito che il suo bel russo stava bene ed era al sicuro. Poi aveva preso in giro entrambi per aver nascosto la loro relazione. Lei era arrossita e aveva cambiato discorso. Non era piú cosí certa di voler continuare ad amare un sogno. Aveva bisogno di un amore normale, quotidiano.

Si sentiva debole e inadeguata quando pensava a queste cose. Erano cosí in conflitto con tutto quello che aveva rappresentato e rappresentava la Dromos Gang che le sembrava di tradire i suoi amici. Chiudere con Zosim significava uscire dalla banda e, di fatto, dichiararne lo scioglimento.

Forse sarebbe stata la cosa migliore e nessuno ne avrebbe in realtà sofferto. Erano già ricchi. Da quanto le aveva raccontato Sunil, a Marsiglia le cose si erano messe cosí male che Zosim era stato catturato rischiando addirittura di essere torturato. Loro, che erano l'eccellenza del crimine moderno, erano precipitati nella fogna del livello piú basso, arretrato.

L'uomo si sedette di fronte a lei, all'improvviso. Inez si spaventò, anche se lui cercò di tranquillizzarla con un sorriso tirato.

– Mi chiamo Kevin Finnerty, – si presentò. – Sono americano. Di Boston, per l'esattezza.

Lo riconobbe dalla voce e dalle mani. – Mio Dio, cosa hai fatto, Zosim? – sussurrò portandosi le mani alla bocca.

– Mi chiamo Kevin Finnerty, – ripeté l'uomo con la voce spezzata. Aveva sopportato tre interventi e una lunga e dolorosa degenza, chiedendosi come avrebbe reagito Inez al loro primo incontro. Quando si era potuto guardare allo specchio aveva scommesso con sé stesso che lei non lo avrebbe piú voluto. E infatti eccola lí, con gli occhi sbarrati dall'orrore di trovarsi di fronte un uomo diverso. Non brutto. Ma diverso. Zigomi, mento, naso. Bonaguidi aveva dato il meglio.

L'uomo che un tempo di chiamava Zosim e poi Aleksandr e ora Kevin, si alzò e si avviò verso l'uscita. Avrebbe voluto

urlare che l'amava, abbracciarla, ma non sarebbe servito a
nulla. Si sentiva patetico.

Sunil lo aveva preparato all'evenienza nel suo solito modo strampalato. «Magari è la volta buona che Inez si mette
con me».

Sarebbe tornato a Londra, che era diventata il suo nuovo nascondiglio, e il tempo e la vita avrebbero fatto il resto.

Si sentí prendere sottobraccio. Era Inez. Aveva il fiato-
ne. – Non andartene cosí.

– Non potevo fare altrimenti, – si giustificò. – Questa
volta non bastava un documento falso.

– Lo so, scusami. Non dovevo reagire in questo modo.

– E invece hai fatto bene. Abbiamo chiarito subito la
faccenda.

– Ma cosa pretendi?

– Nulla. Addio.

Inez lo afferrò per il bavero della giacca e tentò di baciar-
lo. Lui allontanò il viso. – Smettila, ti prego.

– Dammi un'altra possibilità.

– Perché?

– Non lo so. Sono confusa.

– Anch'io. Ci devo pensare.

– Vieni a Zurigo con me, – lo implorò. – Dobbiamo provare.

– Ora non posso, – mentí. – Ma tra qualche settimana
verrò a trovarti.

Le accarezzò il volto e si allontanò a passo veloce. Per sentirsi vivo, a Saint George's Park iniziò a correre.

Indice